불로초를 찾아 떠난 100세 노인

불로초를 찾아 떠난
100세 노인

서랍의날씨

목차

출발

놀이터 벤치에 한 노인이 앉아있었다.

노인은 놀이터에서 놀고 있는 꼬마들을 바라보거나 오고 가는 사람들을 지켜보거나 또는 멍하니 앉아있었다.

한참을 놀던 아이 한 명이 무리에서 빠져나와 이 노인의 옆 자리에 앉았다. 아이는 잠시 쉬려던 참이었다.

그때 뜬금없이 노인이 말했다. 앞으로 시선을 고정한 채, 무심한 말투로.

"난 떠날 거야."

뜻밖의 말에 놀란 꼬마가 되물었다.

"네?"

여전히 노인은 꼬마를 보지 않고 대답했다.

"난 불로초를 찾아 떠날 거란다."

"불로초요? 그게 뭐예요?"

꼬마는 처음 듣는 단어에 호기심이 발동한 모양이었다.

"먹으면 늙지 않는 풀이야. 신비의 약초지."

노인은 여전히 무심했다. 대화하려 하기보다는 혼잣말을 중얼거리는 것 같았다.

"와~ 그런 풀도 있어요? 그럼, 제가 먹으면 영영 어른이 안 되겠네요?"

노인은 그제야 꼬마에게로 고개를 돌렸다.

"음…. 그렇다고 볼 수도 있겠구나…."

"그렇다면 저한테는 필요 없겠어요. 저는 빨리 어른이 되고 싶거든요."

꼬마는 야무지고 비장하게 말했다.

"허허, 빨리 어른이 되고 싶니?"

아이 특유의 귀여움에 노인은 웃고 말았다. 모처럼 굳어있던 노인의 얼굴이 환해졌다.

"그럼요~ 어른이 되면 뭐든지 제 마음대로 할 수 있잖아요. 지금은 엄마가 못하게 하는 게 너무 많아서 인생이 괴롭거든요."

"그래, 그래. 이해한단다. 내게도 그런 때가 있었지. 할아버지는 너만 할 때 빨리 어른이 되고 싶어서 밥을 다섯 끼나 먹은 적도 있단다. 덕분에 체해서 한동안 고생 좀 했지."

"할아버지가 아이였던 적이 있었다고요?"

꼬마는 놀라며 노인을 훑어보았다. 도저히 자신의 옆에 앉은 이 노인이 꼬마였던 시절을 상상할 수 없는 눈치였다.

"그럼~ 당연하지. 어릴 때 할아버지는 동네에서 눈썰매 타는 걸 제일 잘했단다. 내가 늘 1등이었지~"

라고 말하면서 그때 기억이 떠올라 노인은 괜히 뿌듯했다.

"그럼, 저도 언젠간 할아버지처럼 되는 건가요?"

"그렇지~ 사람이라면 누구나 늙는단다. 너뿐만 아니라 저기 놀고 있는 네 친구들도 말이야. 누구에게나 공평하지."

"헉!"

꼬마는 자신이 쭈글쭈글한 할아버지가 된다고 생각하니 좀 끔찍했다. 저도 모르게 얼굴을 찌푸린 꼬마는 할아버지께 예의가 아닌 것 같아 두 손으로 얼굴을 가렸다.

"얼마나 더 있으면 저도 할아버지처럼 되는 건가요?"

두 손 사이로 얼굴을 빼꼼 내밀고 꼬마가 물었다.

"지금 몇 살이니?"

"다섯 살이요."

꼬마는 유치원에서 배운 대로 손가락을 다섯 개 펼쳐 보였다.

"그럼…. 구십오 년은 더 살아야겠구나."

"와! 할아버지 정말 오래되셨군요! 대단하세요!"

아이는 엄지를 척 들어 올려 보였다.

그때였다.

"야! 뭐해?"

꼬마의 친구가 무리 속에서 꼬마를 불렀다.

"얼른 와!"

"응~ 알았어!"

꼬마는 의자에서 일어났다.

"할아버지 꼭 불로초를 찾으셔요! 그럼 전 이만 가볼게요~"

"그래, 고맙구나."

아이는 꾸벅 인사를 하고 친구들에게 달려갔다.

노인은 혼자 살고 있었다.

백 살답게 노인의 두 무릎에서는 움직일 때마다 삐거덕대
는 소리가 나곤 했으며(설상가상으로 불과 며칠 전부터는 가만
있어도 소리가 났다!), 통증도 있었다. 두 다리는 힘이 없어 덜
덜 떨리기 일쑤였고 치아의 반은 없어진 지 오래였다. 노인의
두 눈은 항상 침침했고 얼굴은 하회탈이 서러워할 정도로 주
름이 자글자글했다.

노인은 3평 남짓한 방에 살았는데 이곳에서 누워 있거나, 때때로 공원에 가서 햇빛을 쐬거나, 30년 전에 주운 고물 텔레비전 소리를 듣는 게 인생의 전부였다. 노인의 삶은 건조하고 지루하고 고독했다.

　　그래도 다행히 노인에게는 아직 세상이 살아갈 만한 곳이라고 생각하게 해주는 사람들이 있었다. 자신도 어려우면서 노인에게 쌀, 김치 등을 나눠주는 이웃들이나 반찬 봉사를 오는 아주머니들이 그러했다.

　　아무도 찾아오는 사람 없는 외딴 방에 그들은 밝은 빛과 같은 존재였다. 노인은 그들에게 그저 고맙다는 말밖에 줄 것이 없었다. 기회가 된다면 언제든 노인도 그들에게 도움이 되고 싶었다.

　　그런데 정확히 지금으로부터 4주 전, 노인에게 기회가 다가왔다. 반찬 봉사를 오는 아주머니들 중 한 명이 노인에게 한 가지 부탁을 한 것이다. 아주머니는 교회를 다니고 있었는데 꼭 노인을 모시고 싶다고 했다. 혼자 있는 노인이 교회를 다니면 여러모로 도움이 될 거라면서 말이다. 또, 우리의 인생은 죽음 이후가 비로소 시작인데, 할아버지가 천국에 가시려면 지금 꼭 하나님을 만나야 한다고도 했다.

　　노인에게는 다 상관없었다. 이 나이 들어 인생에 도움이 되는지 안되는지 따지는 게 무슨 의미가 있나 싶었고, 천국이 있는지 없는지 그것도 모르는 일이었다.

다만, 노인은 자신이 누군가에게 도움이 될 수 있다는 사실이 마음에 들었다. 그래서 노인은 아주머니의 부탁을 들어주기로 했다.

아주머니는 뛸 듯이 기뻐했다.

덕분에 노인의 마음은 매우 흐뭇해졌다.

교회는 30분 거리에 있는 대로변에 자리 잡고 있었다. 노인이 교회 정문을 들어서자, 거대한 십자가 조각상이 햇빛을 받아 반짝반짝 빛나고 있었다.

예배당은 1층과 2층으로 나뉘어져 있었는데, 아주머니는 1층 정중앙 맨 앞자리로 노인을 안내했다. 그리고 노인과 나란히 앉아 곧 예배가 시작될 것이며 먼저 찬송가를 부른 뒤, 목사님의 설교 말씀을 듣게 될 것이라고 설명해 주었다.

사람들이 예배당 안에 꽉꽉 들어찼을 때쯤 큰 음악 소리와 함께 찬송가가 울렸다. 모두 손뼉을 치며 열심히 찬송가를 따라 불렀다. 노인은 주위를 힐끔거리며 그들과 똑같이 행동하려 애썼다. 모름지기 로마에 가면 로마법을 따라야 하니까 말이다.

찬송가를 꽤 여러 곡 불렀는데 강단 앞 전광판에 가사가 나와서, 노인도 입을 뻥긋뻥긋 할 수 있었다. 노인은 그중에 한 곡의 가사가 참 마음에 들었다.

"나의 등 뒤에서 나를 도우시는 주…

일어나 너 걸어라. 내가 새 힘을 주리니.

일어나 너 걸어라. 내 너를 도우리."

이 노래를 따라 부르니 노인의 눈에는 괜히 눈물이 핑 돌았다. 이제는 눈물마저 말라버린 삶이었다. 그런데 이 노래는 그런 그의 삶에 용기를 주는 것 같았다.

그렇게 찬송 시간이 지나가고 설교 시간이 되자 목사님이 강단에 섰다. 목사님은 기도와 함께 엄숙하게 설교를 시작했다. 노인도 덩달아 엄숙해졌다.

처음 듣는 설교에 노인은 호기심이 일었지만, 곧 꾸벅꾸벅 졸기 시작했다. 옆에 있는 아주머니를 생각해서라도 눈을 뜨고 설교에 집중하고 싶었지만, 몸이 말을 듣지 않았다.

노인은 고개를 꾸벅, 떨어뜨렸다가 다시 고개를 들기를 반복했다. 그때마다 간간이 '바울이, 마태복음에….' 같은 단어들이 들렸다. 그렇게 삼십여 분의 시간이 지났을 때였다.

"자녀들은 예언할 것이오, 젊은이들은 환상을 볼 것이오, 늙은이들은 꿈을 꾸리라!"

비몽사몽 잠 속에서 헤매던 노인은 목사가 크게 힘주어 말하는 바람에 화들싹 놀라 깼다. 노인은 서둘러 자리를 고쳐 앉고 목사를 응시했다.

"자녀들은 예언할 것이오, 젊은이들은 환상을 볼 것이오, 늙은이들은 꿈을 꾸리라!"

"자녀들은 예언할 것이오, 젊은이들은 환상을 볼 것이오, 늙은이들은 꿈을 꾸리라!"

목사는 이 구절을 세 번이나 반복해서 말했는데, 노인에게는 유독 '늙은이들은 꿈을 꾸리라'만 귀에 들어왔다.

'늙은이들은 꿈을 꾸리라!'

'늙은이들은 꿈을 꾸리라!'

'늙은이들은 꿈을 꾸리라!'

그 구절은 메아리가 되어 노인의 머릿속에 울려 퍼졌다.

그리고 어디에선가 아름다운 음악 소리가 들려오며 바람이 휙 불어와 노인을 감쌌다.

동시에,

노인의 썩은 동태 같았던 두 눈에는 빛이 들어왔다.

'반짝'

'반짝, 반짝'

'반짝, 반짝, 반짝'

노인의 눈은 빛나기 시작했다.

"그래! 꿈!!"

예배가 끝난 뒤 사람들은 예배당 밖을 물밀듯이 빠져나갔다. 노인은 아주머니를 보내고 한참을 앉아있었다.

그러다가 무언가 결심한 듯 비장한 얼굴로 예배당을 천천히 걸어 나왔다.

노인은 예배당 앞 계단 꼭대기에 섰다. 계단 아래로는 사람들이 개미 떼처럼 빠져나가고 있었고, 계단 맞은편 십자가 조각상 위로는 푸른 하늘이 보였다.

구름 한 점 없는 맑은 하늘엔 태양이 밝게 빛나고 있었다.

"그래!"

노인은 하늘을 올려다보며 말했다.

"불로초를 찾아 떠나보자! 어렸을 때 들었던 그 신비의 불로초 말이다! 몸을 건강하게 만들고 젊어져서 새로운 인생을 사는 거야!"

노인은 두 손을 불끈 쥐었다. 의욕이 마구마구 솟아올랐다.

마치 히말라야산맥을 정복한 등산가가 된 기분이었다.

"으윽!"

노인은 너무 의욕에 넘친 나머지 자기 몸 상태를 잊고 힘껏 계단을 내디뎠다.

"끄으으으응"

노인의 무릎이 성을 냈다.

노인은 무릎을 살살 날래며 세단 위로 다리를 천천히 들어올렸다.

그리고 절뚝절뚝 엘리베이터를 찾아 걸으며 생각했다.

'이제 그 무엇도 날 막을 수 없어! 뭘 가지고 떠나지? 어디로 갈까?'

앞으로의 일을 생각하며 노인이 슬슬 걸어가고 있을 때였다.

노인의 500m 앞쪽에서는 독감 걸린 한 남자가 걸어오고 있었다.

"에~취! 에~~~이취! 에이~취!"

남자는 허공을 향해 끊임없이 기침을 해댔다. 불행히도 이 남자는 다른 사람을 위해 마스크를 써야 한다는 사실을 모르고 있었다.

"에~취! 에~~~이취! 에이~취!"

남자의 침 속에 섞여 있던 바이러스는 공중에 무차별적으로 살포됐다.

"두두두두! 두두!"

바이러스는 먹잇감을 찾아 유유히 공중을 날아다니고 있었다.

그때,

"그래! 좋아! 거기가 좋겠어!"

노인의 소리가 들렸다.

바이러스는 노인의 중얼거리는 입 속이 마음에 들었다.

바이러스는 노인에게로 돌진했다.

그리고….

바이러스의 꿈은 마침내 이루어졌다.

그것은 무사히 노인의 입 속에 도착해 호시탐탐 기회를 엿보기로 했다.

바이러스가 노인의 눈에 보였다면 노인은 분명, 이 녀석의 공격을 피했을 것이다.

하지만 여러분도 알다시피 바이러스는 만만한 존재가 아니었다.

집에 들어서자마자 노인은 길에서부터 구상한 계획을 실행에 옮기려 했다. 실은, 계획이랄 것도 없었다. 어릴 때, 할아버지에게서 들었던 곳에 무작정 가보기로 한 게 계획이라면 계획이었다.

챙길 짐도 마땅히 없었다. 살림살이라고는 몇십 년 전 길에서 주운 텔레비전, 사용한 지 하도 오래돼 언제 터질지 모르는 버너, 다 낡아 빠져 너덜너덜한 이불이 전부였다. 늘 그랬듯이 옷은 지금 입고 있는 한 벌로 족했다.

참! 중요한 걸 하나 잊었다. 지팡이! 지팡이는 필수품이었다. 짙푸른 파란색 몸통에 갈색 나무 손잡이를 한 바로 그 지팡이 말이다! 늘 노인의 곁에서 노인을 지켜주던 벗이었다.

노인의 생각이 여기까지 미쳤을 때였다.

"에취!"

기침이 한 번 났다. 그러더니,

"에취! 에~이취!'

연거푸 나기 시작했다.

노인의 몸은 으슬으슬 추워졌고 점점 무거워졌다. 아까 그 남자의 바이러스가 노인의 면역 체계를 이긴 시점이었다.

독감은 맹렬히 노인을 공격했다. 오랜 기간의 영양 부족으로 쇠약해져 있던 노인은 무력히 당할 수밖에 없었다.

노인은 무려 14박 15일을 독감과 싸웠다. 불도 들어오지 않는 냉한 방 안에서 노인은 이불을 얼굴까지 뒤집어쓴 채 견디고 견뎠다. 덜덜 떨며 콧물과 기침을 쏟아내는 와중에서도 노인은 자신의 미래를 생각했다.

몸은 아팠지만 더 이상 마음은 예전처럼 무력하지 않았다.

이제, 그에게는 꿈이 있으니까.

꼬마와 놀이터에서 만났던 바로 오늘이 대장정의 첫날이었다. 노인은 오랜 투병 생활을 털고 일어나 잠시 햇볕을 쐬러 공원에 나왔던 참이었다. 꼬마에게 위대한 미래를 털어놓자, 노인은 이제 진짜 출발할 타이밍이 됐다고 생각했다.

놀이터에서 돌아온 노인은 아무 생각 없이 문을 열었다. 열쇠도 없이 문은 삐걱 열렸다.

'문을 안잠궜었나 보구먼.'

그래도 걱정할 건 없었다. 도둑도 훔쳐 갈 물건이 있는지는 알아볼 안목이 있으니까 말이다! 가난하다는 건 이럴 때 좋았다. 돈이 없으니, 돈을 잃을 걱정도 없고, 가져갈 물건이 없으니, 물건을 도난당할 염려도 없고. 그러니 문을 잠그지 않았어도 마음이 편안했다!

'대체 돈 많은 놈들은 그 돈 지킬 걱정에 잠이나 편히 잘까 몰라'라고 생각하며 노인은 유유히 집으로 들어섰다.

이부자리를 정돈한 뒤, 한 번 집 안을 휙 돌아보고는 노인은 지팡이를 챙겼다. 이로써 모험 준비는 끝마친 셈이었다.

노인은 자신이 없는 동안 자신을 돌봐주던 선량한 사람들의 걱정거리를 덜어주기 위해 문 앞에 '여행 중'이라고 쓴 종이를 붙였다.

"자! 이제 출발이다!"

모처럼 설레는 마음을 안고 노인은 기차에 올랐다. 서서히 기차는 움직이며 대도시에 안녕을 고했다.

"칙칙폭폭, 칙칙폭폭."

돈이 없다는 이유로, 몸이 아프다는 이유로 늘 집에만 묻혀 살던 그였다. 그래서 몇십 년 만의 기차 여행은 참 즐거웠다.

창밖으로 보이는 산이며 들판이며 그 모든 것이 노인의 마음을 충족시켜 주기에 충분했다. 어떤 산은 기이한 형세를 보이며 노인에게 인사했고 어떤 골짜기는 졸졸졸 흐르는 물줄

기로 노인을 맞이했다. 파랗게 펼쳐진 드넓은 호수는 햇살을 받아 반짝거렸다.

노인은 문득 어린 시절이 생각났다. 늘 자연과 벗 삼았던 그때는 하루하루가 즐거웠다. 물고기를 잡고, 미역을 감고, 눈썰매를 타고….

그 시절, 그곳에는 아버지도 계셨고 어머니도 계셨다. 형제들도 있었다. 친구들도 있었다. 닭들도 있었고 소도 있었다.

아! 맞다. 이 여행에 지대한 공헌을 한 할아버지! 할아버지도 계셨다.

할아버지는 옛날이야기를 구수하게 잘하던 사람이었다. 늘 손자 손녀들을 모아놓고 옛날이야기를 해주셨는데, 어찌나 생생한지 다들 이야기 듣는 맛에 시간 가는 줄을 몰랐다.

한 번은 할아버지께서 신비한 풀에 관해 이야기해 주셨다.

우리 동네 뒷산 넘어, 꽤 깊은 산 속에는 신비의 불로초가 있다는 것이었다. 옛날 옛적, 아주 오래전 옛날에 진시황제는 불로초를 찾기 위해 신하들을 한국으로 보냈다. 그의 신하들은 불로초를 찾아 곳곳을 헤맸지만, 이곳의 존재는 몰랐다.

그래서 진시황제는 불로초를 찾는 데 실패한 거란다. 그는 오래전에 무덤으로 들어가 버렸다. 아무리 천하의 권력을 가진 황제도 결국은 죽는다는 교훈을 남긴 채 말이다.

이제, 노인이 그 불로초를 찾을 차례였다.

"이번 내리실 역은 산방산, 산방산 역입니다. 내리실 분은 미리 준비하시어 기차가 역에 도착하면 천천히 내려주시길 바랍니다."

승무원은 노인이 고향에 곧 도착할 것임을 알렸다.

곧, 노인의 추억이 몽땅 담겨 있는 곳, 노인의 미래가 기다리는 곳, 바로 그곳에 도착할 것이다.

고향 방문도 몇십 년 만의 일인가. 도대체 지난 몇십 년 동안 뭘 하고 살았길래 이다지도 몇십 년 만의 일이 많은지…. 새삼 노인이 자신의 단면을 돌아보고 있을 즈음 기차는 드디어 고향 역에 도착했다.

십 년이면 강산도 변한다더니 노인처럼 노인의 고향도 많이 변해 있었다.

고드름이 얼던 옛집도, 송사리와 가재가 뛰놀던 시냇가도, 가을이면 한가득 밤을 떨어뜨리던 밤나무도 온데간데없었다.

노인은 이리저리 돌아다닌 끝에 그의 추억을 고스란히 간직하고 있는 장소를 발견했다. 아버지와 함께 처음으로 낚시를 했던 저수지였다. 여전히 저수지의 물은 고요했고 햇빛에 물 표면이 반짝거렸다. 저수지 둑가에는 아버지와 어린 노인이 앉아있었다.

그때 아버지와 노인은 몇 시간을 아무 말 없이 낚시대만 보고 있었다. 물고기를 잡으려면 절대 떠들면 안 된다고 아버지는 당부했었다. 낚싯대에 온통 정신을 집중하다가 대가 흔들리기만 하면 잽싸게 낚아채야 했다. 그게 아버지께 배운 낚시하는 법이었다.

물고기를 잡기 위해 침묵과 인내의 시간을 가져야 했지만 처음 아버지와 했던 낚시는 최고였다. 결국, 그날 꽤 여러 마리의 물고기를 잡아 집으로 가져갔고 어머니는 맛있는 매운탕을 끓여 주셨다.

추억의 장소는 담고 있는 추억을 생생히 되살려 주는 법이었다. 노인은 한참을 저수지 둑 위에 앉아 그날을 몇 번이고 생각했다. 날은 고요했고 기분 좋은 바람만이 노인의 추억과 함께했다.

노인이 저수지를 떠나 옛날 옛적 할아버지께서 말씀하신 동네 산 뒤편 너머에 도착했을 땐 이미 해가 조금씩 지고 있었다. 뒷산 너머로 굽이치던 여러 산 중 몇 개는 흔적도 없이 사라져 버렸다. 이곳도 개발 때문에 산 몇 채쯤은 금방 날아가 버린 모양이었다. 그 대신 여러 갈래의 길이 들어섰고 길목에는 집 한 채가 놓여 있었다.

저 멀리 보이는 산속으로 갈 시간은 더 이상 없었다. 노인은 갈림길에 안내판처럼 서 있는 그 집에 신세를 지기로 했다.

초인종을 누르자 인상 좋은 한 남자가 문을 열고 나왔다.

"무슨 일인가요? 상담 시간이 지났는데….”

"저는 길 가는 나그네인데 묵을 곳이 없어서 혹시 신세를 질 수 있을까 해서요.”

남자는 흔쾌히 노인을 집으로 들였다. 집 안은 아늑했고 따뜻한 기운이 감돌았다.

남자는 노인에게 식사를 했는지 물었고 노인은 하지 못했다고 답했다. 그러자 그는 같이 식사하기를 권했다.

"아까 나그네라 하셨는데 이곳 분이 아니신가 봐요.”

"여긴 제 고향이예요. 일이 있어서 모처럼 왔습니다. 그나저나 아까 상담 얘기를 하시던데, 그건 뭔가요?”

남자와 노인은 도란도란 서로의 이야기를 주고받았다. 노인은 남자가 목사인 것과 이곳에서 신앙상담을 해주고 있다는 것을 알게 됐다. 또, 남자는 노인이 어린 시절 들었던 불로초를 찾아 고향에 왔으며 꽤 시일이 걸리는 모험인 것을 알게 됐다.

"묵을 곳이 없으시면 이곳에서 묵으세요. 제가 내일 출상을 가서 몇 주 동안 집을 비우게 됐거든요. 혼자 편히 지내실 수 있으실 겁니다.”

노인은 덥석 목사의 제안을 받았다. 집 떠나면 고생이라지만 이곳은 노인의 집에 비하면 천국이나 다름없었다. 앉으면 금방이라도 잠이 올 것 같이 안락한 소파와 기지개를 맘껏 켜

고도 남는 넉넉한 크기의 방들, 정갈한 식탁, 대형 텔레비전까지! 노인이 거절할 이유가 없었다.

"혹시라도 상담이 필요하시면 출장 가기 전에 해드릴 수 있습니다."

처음부터 노인의 얼굴을 유심히 살폈던 목사가 말했다.

"아이고, 괜찮습니다. 이 나이에 무슨 상담은요."

노인은 손사래를 쳤다.

목사는 노인에게 상담이 필요하다고 생각했다. 오랜 목회와 상담을 통해 얻은 안목이었다. 그렇지만 본인이 원하지 않으니, 목사도 더는 어쩔 수 없었다.

밤이 깊었고, 노인과 목사는 몇 마디 더 나누다가 잠자리에 들었다.

"무슨 일 있으시면 이쪽으로 연락해 주세요."

목사는 자기 전화번호, 출장지 전화번호 등을 상세히 노인에게 알려주었다. 그리고 한 번 더

"내 집이라 생각하시고 편안히 계십시오."

강조하고는 출장길을 나섰다.

조폭

구름은 흘러가고, 어느새 태양은 중천에 떠있었다.

노인은 목사를 마중한 뒤 지금까지 쉬고 있었다. 어제 무리한 탓에 몸이 꽤 무거웠다. 침대에 누워 유유히 창 밖의 구름을 세어보고 있을 때였다.

"딩동!"

초인종 소리가 울렸다.

노인은 주섬주섬 일어나 현관문을 열었다.

거기에는 노인의 세 배는 족히 넘어 보이는 막대한 체구의 남자가 서 있었다.

"무슨 일이오?"

"아이고 목사님!"

하며 남자는 집 안으로 들어왔다. 그리고 말릴 새도 없이 노인을 성큼 들어 올렸다.

"목사님! 힘들어 뵈시네요. 제가 옮겨 드리겠습니다. 상담실이 어디인가요? 제가 시간이 좀 없어서요…."

노인은 남자의 어깨에 대롱대롱 매달린 채, 상담실을 가리켰다. 사내는 상담실로 성큼성큼 걸어가 노인을 의자에 내려놨다.

남자가 말했다.

"목사님! 지금 아니면 제가 평생 다시 이런 곳에 올 일이 없을 것 같습니다. 그러니까 제 말을 들어주십시오."

"아니, 저…."

라고 노인이 말을 꺼내려는 찰나, 남자는 노인의 입을 막았다.

"아무 말도 마십시오. 지금이 아니면 저는 절대 이곳에 올 놈이 아닙니다. 오늘은 정말 마음을 단단히 먹고 온 거거든요. 제발 그냥 제 이야기를 들어주십시오."

남자는 노인의 입을 막은 채 이야기를 시작했다.

"목사님! 저는 아빠가 너무너무 미워요. 얼마 전이었어요. 아빠가 아프다고 병원에서 연락이 온 거예요."

사내는 어느새 어린아이가 되어 있었다.

"그 아빠라는 사람을 중학교 때 이후로 한 번도 본 적이 없어요. 중학교 3학년 때 가출했거든요. 아빠 때문에요.

엄마는 아빠 때문에 못산다고 이혼하고 나간 지 오래였고 전 아빠와 단둘이 살았어요. 아빠는 술만 먹고 오면 집에 와서 행패를 부렸죠. 가구도 던지고, 저도 던지고. 하루도 편할 날이 없었어요. 엄마가 있을 때도 그랬지만 이혼한 후로는 더 심했어요. 엄마에 대한 분풀이까지 저에게 한 거죠.

결국 저는 살아남기 위해 집을 나왔어요. 그 뒤로 아빠를 본 적이 없죠.

근데 어떻게 알고 저한테 연락이 온 거예요. 이제 와서 자기가 무슨 낯이 있다고 말이에요. 전 아빠를 용서할 수 없어요!"

남자는 펑펑 울기 시작했다.

노인은 어찌할 바를 몰랐다. 이제, 사내가 막았던 입을 풀어 주기는 했지만 그렇다고 자신은 여기 상담소 목사가 아니며, 그냥 나그네일 뿐이라고 말할 수는 없는 상황이었다. 이미 엎질러진 물이었다.

남자는 자기 이야기에 푹 빠져 있었다.

"어렸을 때 전 정말 외로웠었어요…. 저도 사랑을 받고 싶었거든요. 집에는 서를 사랑해 줄 사람이 아무도 없었어요. 어떤 분위기인지 대강 아시겠죠? 그런데 학교에서는 다르더라고요. 제가 덩치가 크고 힘이 센 데다 싸움까지 잘하니까 아이

들이 대접해 줬어요. 제가 지나가면 길을 비켜주고 제 식판에
음식을 받아다 줬죠. 저는 참 고마웠고 뿌듯했어요. 제가 제대
로 인정받는 느낌이 들었거든요. 제가 공부 머리는 좀 약해서
공부로는 짱이 될 수 없겠더라고요. 그래서 제가 인정받는 한
분야를 열심히 팠죠. 그렇게 지금 직업의 자질을 닦았어요. 중
학교 졸업할 때쯤 기반이 잡혔죠. 그래서 집을 나온 거예요.
그 뒤로는 이 바닥을 종횡무진 휩쓸며 살아왔습니다."

라고 말하고서 남자는 셔츠를 들어 올려 자신의 등에 새긴
용 문신을 노인에게 보여주었다. 등에는 용 그림과 함께 '용
파'라고 쓰여 있었다. 남자는 의미심장한 웃음을 지어 보였다.

노인은 흠칫 놀랐다. 그랬다! 이 사내는 주먹의 세계에서
위세 있는 사람임이 분명했다.

사내는 목소리를 한층 깔고 말했다.

"목사님, 뭐 물론 그럴 일이야 없으시겠지만요. 제가 오늘
한 말들은 절대 발설해서는 안 되십니다. 아시죠? 이 바닥도
워낙 정보가 생명이라 제 약점을 노출하면 치명타거든요."

노인의 고개는 자동으로 끄덕여졌다.

'돌아오지 못할 강을 건넜어….'

남자는 노인의 반응에 만족해했다. 그는 편안히 자신의 이
야기를 시작했다.

"아직 아빠에게는 안 가봤어요. 가보고 싶지도 않은데…. 제

가 어떻게 해야 할지 모르겠어요. 병원에서는 아빠가 거의 가망이 없다네요. 그래도 전 여전히 아빠가 용서가 안 돼요. 아빠만 아니었으면 제가 이렇게 될 일도 없었을 거예요. 저도 부모의 사랑을 받고 자랐으면 남들처럼 평범하게 직장 잡아서 가정 꾸리고 단란하게 살고 있을 거라고요. 제가 이 분야에서는 어느 누구 못지않게 인정받고 있지만 그렇다고 제가 제 삶에 만족하는 것은 아니에요. 물론 제 부하들에게나 동료들에게는 떵떵거리며 이 바닥이 최고라고 말하지만, 본심은 그렇지 않아요. 저도 남들에게 떳떳이 제 직업을 밝히고 사회에 좋은 영향을 끼치며 그렇게 살고 싶습니다만 이미 늦어버렸죠. 이게 다 아빠 때문이라고요! 아빠 때문에 제 인생을 망쳤어요!"

사내는 상담 책상을 탁, 쳤다.

"그래도 이렇게 말을 터놓고 나니 편안하네요. 지금까지 누구에게도 이런 얘길 한 적이 없어요. 목사님, 전 어떻게 해야 할까요?"

사내는 간절히 노인을 바라봤다.

"흠흠"

노인은 괜히 헛기침했다. 생각할 시간이 필요했고 긴장도 됐다. 노인은 빠르게 머리를 굴렸다. 그동안 느릿느릿하던 두뇌 처리능력은 어디로 갔는지 독수리보다도 더 빠르게 두뇌가 돌아갔다.

"이럴 땐 말일세, '그럴 수도 있다.' 내공을 발휘해야 하네."

두뇌에서 내린 결론은 노인의 입에서 술술 나왔다.

"'그럴 수도 있다' 내공이요? 그게 뭔가요. 목사님?"

"부모를 부모이기 이전에 하나의 '인간'으로 보고 '그럴 수도 있다'고 생각하는 내공일세. 누가 '부모'가 되나? 대부분 20대, 30대 젊은이들이야. 그들이 결혼하고 아기를 낳아서 '부모'라는 타이틀을 갖게 되지. 이 나이가 되고 보니 2,30대 시절의 나는 참 어렸다는 생각이 드는데 자네는 안 그런가?"

"예, 저도 그래요. 그땐 제가 다 컸다고 생각했는데 그렇지 않았더라고요."

"그래~ 그렇게 '완전하지 않은' 젊은이들이 아이를 기르게 되는 거야. 아직 자기 자신도 다 크지 않은 상태에서 말일세. 학교에서는 어떤 부모가 되어야 하는지, 자녀를 어떻게 길러야 하는지 가르쳐 주지 않지. 정말 필요한 지식인데 말이야. 세상엔 자녀를 사랑해도 그걸 어떻게 표현해야 하는지, 어떻게 자식을 보살펴 줘야 하는지 모르는 부모들이 많다네.

자네 아빠가 자네를 제대로 돌보지 않은 것은 물론 잘못이야. 하지만 아빠이기 이전에 자네 아빠도 한 '인간'으로서 '불완전한' 젊은이였다는 것을 알아주게나. 그리고 '그럴 수도 있었다'고 생각해 주는 거지."

"예…."

"이건 사회생활에서도 꽤 유용한 내공이라네. 자네는 잘 알 거야. 세상엔 정말 별의별 사람이 다 있지 않은가."

"아이고, 목사님. 잘 압니다. 말도 마십시오."

"우린 각자 다른 환경에서 다른 생활방식으로 자라났어. 그러니 각자가 다 다를 수밖에 없지. 내가 보기에 이해 안 되는 행동을 하는 사람도 가만 들여다보면 그 사람의 인생에서는 자연스러운 거라네. 그러니 내가 타인을 완벽하게 이해는 못하더라도 '그럴 수도 있다'고 바라보는 거야. '왜 저래?'가 아닌 '그럴 수도 있다' 말일세."

"네, 목사님. 말씀을 들으니 정말 유용한 내공이군요. 세상에 그럴 수도 있는 거지요."

"어때? 이제 자네 아빠에게도 '그럴 수도 있다' 내공을 발휘해 줄 수 있겠나?"

"노력해 보겠습니다."

"그러면 자네 마음이 한결 편안해질 걸세."

"옙! 목사님. 말씀 감사합니다. 그런데, 목사님! 성경에는 뭐라고 나와 있나요? 하나님 말씀 말입니다."

"으…. 응? 성경?"

노인은 괜히 딴청을 피웠다.

"예! 성경이요!"

31

"아, 그래 그래, 성경 말이지! 거 참, 자네 좋은 태도를 가졌어. 그렇게 항상 성경을 가까이 해야지. 그럼. 그렇고말고! 그나저나 내가 이렇게 오래 자네를 잡아둬도 되는 건가?"

노인은 말을 돌리려 했다.

"괜찮습니다. 오늘 일정은 일부러 비워놨어요. 특별한 날이잖습니까."

"허허, 그렇군."

노인은 괜히 허허거렸다.

그러나 사내는 생각보다 강경했다.

"인생의 진리가 다 성경에 있지 않습니까? 제가 다 알지는 못해도 조금은 봤어요."

사내는 수줍게 말했다. 그리고 책상 저편에 있는 성경책으로 눈을 돌렸다.

노인은 이제 더 이상 빠져나갈 수 없었다.

"여기, 성경책이 있군! 자네가 좋아하는 성경 말이야~~"

라고 말하며 노인은 떠밀리듯이 성경책을 가져왔다.

"그래, 성경에 말이지. 말이야. 성경에는 중요한 내용들이 들어있지. 암, 그렇고말고."

노인은 성경책을 폈다. 글씨는 깨알 같았다. 이쪽을 펴봐도, 저쪽을 펴봐도 마찬가지였다. 책의 작은 글씨들이 노인의 맨눈에 보일 리 없었다.

"이 나이가 되면 방금 한 말도 잊어버리는 법이거든. 자넨 정말 현명한 사람일세. 아주 제대로 찾아왔단 말씀이야. 내가 자네 얘기를 말하고 다니고 싶어도 아마 자네가 이 집을 나갈 때쯤이면 까마득히 잊어버릴 걸세."

노인은 아차 싶어 한 마디 덧붙였다.

"그렇다고 내가 자네 얘기를 여기저기 말하고 다니고 싶다는 뜻은 아닌 거 자네도 알지?"

사내는 아무 대답 없이 노인이 쥐고 있는 성경책만 뚫어져라 쳐다봤다.

노인의 등줄기에는 식은땀이 흘러내렸다. 얼굴도 마찬가지였다. 이렇게 줄줄 흐르던 땀은 등과 얼굴을 거쳐 노인의 웃옷을 흠뻑 적시고 있었다.

"목사님. 어디 아프십니까? 왜 이렇게 땀을 흘리세요?"

목사의 심상치 않은 증상을 발견한 사내가 말했다.

노인은 '옳다구나' 싶었다.

"아이고, 이이고, 배야, 버리야, 십장이이."

뒹굴뒹굴 구를 기세로 노인은 소리를 질러댔다.

"목사님! 괜찮으세요?"

사내는 다급히 물었다.

"아이고, 아이고, 아이고…."

노인은 실눈을 가느다랗게 뜨고 사내에게 말했다.

"괜찮네, 괜찮아. 미안해서 어쩌나 오늘 상담은 여기까지 해야겠는데…."

"무슨 말씀이세요? 몸이 이 지경이신데, 당연히 상담을 끝내야죠. 그나저나 당장 병원에 갑시다."

사내가 다급히 노인을 들어 올리려고 하자 노인은 아까의 일이 생각났다.

"됐네! 됐어!"

노인은 괜히 성을 내며 사내의 행동을 먼저 제압했다.

"아이고, 이제 좀 나아지나?? 아이고 그래도 아프긴 한데….내가 나를 잘 알지 않겠나? 오늘 상담이 길어져서 몸이 힘들어서 그래. 난 늘 힘들면 이런 증상이 온다네. 좀 쉬면 나아질 거야. 괜히 폐 끼치고 싶지 않네. 어서 돌아가게나. 어서!"

"아니, 그래도 목사님…. 병원에 안 가봐도 되시겠습니까?"

"물론이네! 자네가 얼른 가주는 게 나를 도와주는 게야. 그래야 쉴 수 있지 않겠나!"

노인은 상담실 창가 밑에 놓여 있던 소파로 가서 누웠다.

그리고 힘없이 까딱까딱 손을 흔들어 나가라는 표시를 했다.

"예, 목사님. 그러면 쉬십시오. 다음 주쯤 다시 오겠습니다."

노인이 뭐라 할 틈도 없이 사내는 상담실 밖을 재빨리 나가버렸다. 노인을 위한 배려였다.

노인은 소파에 누운 채 그대로 얼음이 되었다.

'다음 주에 다시 온다고? 여길 당장 떠나자. 아니, 아니야. 이곳에서 도망친다고 해도 내가 가봤자 얼마를 가겠어. 더 군다나 저 사내는 한가락 하는 사람 아닌가? 정보망도 훌륭할 테고 조직망도 훌륭할 테야. 나 같은 노인네 잡는 것은 시간문 제도 아닐 테지.'

노인은 사내의 두툼한 두 손에 들려 내동댕이쳐지는 자신 을 상상했다. 생각만 해도 몸서리쳐졌다. 노인네들이 '아무리 일찍 죽어야지', '일찍 죽어야지' 해도 그게 어디 진심이란 말 인가. 늙어도, 늙어도 인간은 건강히 오래 살고 싶은 법이다.

더군다나 노인에게는 새 꿈이 있지 않은가! 뜻을 펼쳐보기 도 전에 비명횡사할 수는 없었다.

노인이 집을 나가려고 첫발을 내딛는 순간,

"으아악!"

노인은 자신이 제대로 걸을 수 없는 상태임을 알게 되었다.

다쳤던 무릎이 아까의 일로 성을 내고 있었음에도 노인은 워낙 긴장을 해 이를 전혀 알아채지 못했다.

'이왕 이렇게 된 거 목사님 노릇 한 번 제대로 해보는 것이 야!'

밤새워 고민한 끝에 내린 결론이었다.

날이 밝자마자 노인은 책상에 경건하게 앉아 성경을 폈다.

첫 장에는 창세기라고 적혀 있었고 이렇게 글이 시작되고 있었다.

〈태초에 하나님이 천지를 창조하시니라. 땅이 혼돈하고 공허하며 흑암이 깊음 위에 있고 하나님의 영은 수면 위에 운행하시느니라…〉

글은 글이로되 도대체가 알 수 없는 말들이 가득했다. 간간이 알아봄 직한 문장도 있긴 했으나 대체 어떻게 상담 내용과 관련지어야 할 지도 막막했다. 게다가 책 양이 너무 많았다! 노인의 마음은 다급해졌다.

노인은 상담실 안을 왔다 갔다 했다. 해결책을 찾아야만 했다.

벌써, 오후 4시였다. 째깍째깍 시계 소리만 고요히 울렸다.

노인은 여전히 두 시간째 상담실 안을 서성거리고 있었다.

'그렇지! 그 목사 양반!'

번뜩, 집주인 목사가 떠올랐다. 사람 좋게 생겼던, 실제로 사람이 좋았던 그 목사 말이다. 그라면 노인을 도와 줄 수 있으리라!

노인은 목사가 남기고 간 메모지를 찾았다.

"여보세요, 목사님! 잘 계시죠?"

"예! 할아버님! 잘 있습니다. 어르신은 잘 계시죠? 무슨 일이라도 생기셨나요?"

"뭐⋯. 무슨 일이 있다기보다⋯. 여기 성경책이 있더라고요. 한 번 읽어보려고 펴봤는데 영 모르겠어서요, 목사님. 목사님께 한 수 배울 수 있을까 해서 전화했습니다."

"예~ 그거야 어렵지 않습니다만, 어떤 것부터 알려드리면 될까요? 어르신께서 성경에 흥미가 생기셨다니 제가 더 감사하네요."

노인이 전부 다 가르쳐달라고 했기 때문에 목사는 기초부터 차근차근 노인에게 설명하기 시작했다.

노인의 판단은 옳았다. 목사는 대단한 성경 내공을 갖고 있었다.

"오~! 오~! 오~~!"

노인은 목사와 통화하면서 몇 번이나 감탄사를 연발했는지 몰랐다.

이 암호문 같은 성경을 이다지도 쉽게 설명할 수 있다니! 이 목사는 분명 천재임이 틀림없었다. 성경은 크게 구약과 신약으로 나뉘어져 있으며 그 기준은 예수님이 이 땅에 오신 때란다. '임마누엘'은 '하나님은 우리와 함께 계시다', '할렐루야'는 '하나님을 찬양한다', '아멘'은 '동의합니다'라는 뜻이라고도 했다.

목사는 거대한 분량의 성경책에서 핵심만 콕콕 짚어서 알려주었다. 노인은 마치 고3 수험생처럼 밤낮없이 공부하고 공부했다.

목사의 친절한 교습은 일주일 내내 계속되었고 드디어 약속 전날이 되었다.

"와~! 할아버님! 정말 대단하십니다. 이제 더 가르쳐 드릴 것이 없을 것 같아요."

"별말씀을요, 다 목사님 덕분입니다."

노인은 가까스로 사내와의 만남을 준비할 수 있었다. 그날 노인은 밤늦게까지 그동안 배운 내용을 복습하고 또 복습하고, 점검하고 또 점검했다. 더 이상 참을 수 없는 잠이 쏟아질 때까지.

내일 있을 거사를 생각하며 노인은 태어나서 처음으로 기도란 것을 하고 잠자리에 들었다.

"딩동"

초인종은 여전히 잘 울렸다. 노인은 '올 것이 왔군'이라고 생각하며 사내를 맞이하러 나갔다.

"어서 오게"

노인은 억지로 더 크게 미소 지었다.

"몸은 괜찮으신가요?"

"덕분에 말이지. 허허허!"

"눈이 좀 빨갛게 충혈되셨네요"

사내가 노인의 얼굴을 가까이 들여다보며 말했다.

"그것도 자네 덕분 아니겠나."

"예?"

"아…. 하하하, 아니 내 말이 잘못 나갔네. 그려. 어제 기도를 너무 열심히 하느라 밤을 새우다시피 해서 그렇다네. 자고로 기도란 그렇게 몰입해서 해야 하는 법일세. 자네도 잘 알아두게."

"옙! 목사님!"

사내와 노인은 상담실 탁자에 마주 보고 앉았다.

노인은 새삼 긴장됐다.

"흠. 흠. 흠."

사내는 기대에 찬 눈빛으로 노인을 응시했다.

"지난번 갑작스러운 사정으로 다 못했던 상담을 시작해 보겠네. 그러니까 우리가 아마 '그럴 수도 있나' 내공까지 이야기하다 말았을 거야. 그렇지?"

"예, 그렇습니다. 목사님."

"그리고 자네는 하나님의 말씀을 궁금해했네만."

"네, 그렇고 말고요."

"〈서로 친절하게 하며 불쌍히 여기며 서로 용서하기를 하나님이 그리스도 안에서 너희를 용서하심과 같이 하라!〉에베소서 4장 32절 말씀이네."

"아! 그렇군요!"

"보게! 지난번 내 이야기와 틀린 게 뭐가 있나? 목사라는 게 말이야. 다른 사람들과는 생활방식이 상당히 다르다네. 세상 것을 가까이하지 않고 늘 성경과 하나님을 가까이하지. 그러니까 나도 모르게 그냥 이야기해도 이렇게 늘 성경과 연관이 되어 있다네."

"아! 그렇군요. 목사님. 제가 성경을 알지 못해 미처 몰랐네요."

"그럴 수밖에 없지. 나처럼 일상이 성경이면 자네가 뭣 하러 지금의 업종에 종사하겠나? 목사의 길로 들어서겠지. 안 그러나? 허허허!"

"네? 예. 하하하."

"본론으로 들어가겠네."

노인은 새삼 진지한 표정을 지었다.

"성경을 보면 원래 우리 인간은 영원히 죽지 않고 고통을 모르는 존재로 창조되었지. 아주 평화롭고 과일이며 각종 먹을 게 풍부한 에덴동산이 우리의 터전이었어. 그런데 아담이 하나님과의 약속을 저버리고 선악과를 따먹었다네. 하나님을 배신한 게야. 자네, 만약 자네의 부하가 자네를 배신하면 어떻게 하겠나?"

"아마 이 세상에 이미 존재하지 않는 존재가 될 것입니다."

사내는 이를 아작 깨물으며 음산하게 말했다.

"어쨌든 참 힘든 일일 게야. 자신이 사랑하는 존재가 자신을 배신한다는 건 말이지. 그 결과로 하나님의 영향력 아래서 평화롭게 살던 인간은 고통과 죽음이 도사리는 세상에 속하게 되었네. 인간의 힘으로는 도저히 벗어날 수 없는 운명에 처하고 말았지. 그런데 하나님께서 자신을 배신한 인간을 긍휼히 여기시고 직접 이 세상에 내려오신 걸세. 그분은 고통도 느끼지 않고 영원히 평화만 느끼실 분인데 우리 때문에 친히 인간의 몸을 입고 오신 거라네. 그리고 그분에게 주어진 사명은 십자가에 못 박혀 많은 피를 흘리고 우리의 죄를 대신 갚아주시는 거였네. 옛날 십자가 처형은 제일 험악한 처형이었어. 왜냐하면 단숨에 죽지 않고 서서히 어마어마한 고통을 느끼며 죽어가야 했으니까. 그런데 그 고귀한 그리스도는 그 고통을 모두 이기고 우리를 세상에서 해방하신 걸세. 하나님은 자신을 배신했던 인간을 용서하신 게야. 이게 에베소서 '하나님이 그리스도 안에서 너희를 용서하심과 같이 하라' 말씀의 의미일세. 하나님이 그리스도를 통해 인간을 용서하신 것을 본받아 우리도 서로 서로 용서하라는 말씀이야."

"네…. 목사님. 정말 이해가 쏙쏙 됩니다. 감사합니다. 그런데 용서라는 게 머리로는 이해가 되는데 이 가슴이 실천이 안 되네요…."

사내는 자신의 널찍한 가슴을 퉁퉁 쳤다.

"하나님은 좋으신 하나님이시네. 우리가 잘 되기를 원하시지. 왜 하나님께서 우리에게 용서하라고 하시는지 아나?"

"글쎄요…. 특별히 생각해본 적이 없네요…. 왜인가요?"

"제일 중요한 이유는 바로 자네를 아끼시기 때문이야. 사랑하시기 때문이지. 수많은 사람이 다른 사람을 용서하지 못해 분노와 원망 등의 부정적인 감정 속에서 인생을 살아간다네. 자네도 그랬을 거야."

"네, 떨쳐 버리지 못했죠."

"그럴 때면 본인이 힘들었을 테고 말이야?"

"네. 그랬어요. 인생이 행복하게 느껴지지 않았죠."

사내의 눈가에 눈물이 핑 돌았다.

"용서하지 못해 부정적인 감정들이 남아있으면 그것들은 그 상대방을 공격하는 게 아니라 먼저 자네를 공격한다네. 마음의 평온을 빼앗고 자네의 건강을 망가뜨리지. 스트레스가 만병의 근원이라고 하지 않겠나? 용서를 하게 되면 나를 갉아 먹던 나쁜 감정들을 벗어버리게 되니 자네의 마음도 행복해져, 자네의 건강도 좋아져, 모두 자네에게 좋은 것이라네. 그래서 하나님은 그 상대방보다도 자네를 아끼시기 때문에 용서하라고 하시는 거라네. 자네가 자네의 아빠를 지금 용서하면 자네는 고통 속에서 벗어나게 될 거야. 허나 그렇지 못하다면 평생 용서하지 못한 마음과 그렇게 해서 보낸 아버지에 대한 죄책감 때문에 자유롭지 않겠지.

그러니 자네의 아빠를 용서해 주시게나."

"예…. 목사님…."

사내는 생각에 잠겼다. 얼마 뒤 사내는 침묵을 깼다.

"아버지를 용서하겠습니다."

이렇게 말하고서 사내는 펑펑 울었다. 노인은 사내의 등을 토닥거려 주었다.

사내가 감정을 추스르고 차분한 상태가 되자 노인은 다시 말을 이어갔다.

"그리고 내가 그동안 자네의 말을 잘 생각해 봤네. 자네가 자네의 삶에 만족하지 못한다고 했었지. 자네도 세상에 좋은 일을 하며 떳떳하게 살고 싶다고 말이야."

"예, 그랬습니다. 어느 사람에게도 털어놓지 않았던 저의 속 깊은 마음이에요. 하지만 이제 다 틀린 것 같아요. 제 인생을 되돌리기엔 너무 와버렸고 시간도 없네요."

사내는 수줍게 말했다.

"어허! 그런 말 말게. 시간이 없다니. 이 사람! 번데기 앞에서 주름잡나? 자네 나이가 도대체 몇 살인데 그런 말을 하나?"

"올해 마흔셋 되었습니다."

"젊은이로구먼! 자네. 내 나이가 몇으로 보이나?"

"글쎄요⋯. 한 90은 족히 되어 보이십니다."

"허허허, 내 나이가 백 살일세. 백 살!"

"목사님 정말 오래 사셨군요! 이게 다 하나님의 은혜인가 봅니다. 그 나이에도 이렇게 정정하게 다른 사람들의 인생을 살펴봐 주고 계시다니요."

"내가 이곳에 오게 된 이유가 있지. 내게 꿈이 있어."

"꿈이요?"

"그래, 꿈!"

"무슨 꿈인가 여쭤봐도 될까요?"

"불로초를 찾는 꿈이네."

"불로초요? 진시황이 찾았다던 그 불로초 말씀입니까?"

"그렇다네. 바로 그 불로초지."

"아니, 목사님. 그러면 영원히 살고 싶으신 건가요? 천국은 어찌하시고요?"

"그래, 자네 말이 맞네. 내가 천국을 잊었겠나? 다만, 이 세상에서 더 좋은 일들을 할 시간을 벌고 싶은 게야. 그동안 내가 받기만 하고 산 것 같아서. 불로초로 이 몸이 좀 더 건강해질 수만 있다면 그것으로 충분하다네. 이곳에 오래 살면 뭐 하겠나? 천국에 가서 편안하게 살아야지."

"예!"

"100살의 나이에도 꿈을 꾼다는 말씀일세. 내가 지금 나이가 되어보니 후회되는 게 뭔지 아나?"

"무엇인지요?"

"일흔 살이 접어들었을 무렵에 내 인생은 얼마 안 남았다고 생각하고 나를 그저 죽음을 기다리는 노인네 취급한 것이라네. 그 뒤로도 난 30년이나 살아왔어. 20살로 치면 50살이 된 거지. 그동안 얼마나 많은 일을 할 수 있는 시간이었는지…. 그래서 이제 난 그렇게 살지 않기로 했네. 꿈을 갖고 꿈을 향해 달리기로 한 거지. 이 늙은이도 이러할진대 자네가 못할 게 뭐가 있겠나? 〈이전 것은 지나갔으니 이제 새것이라.〉 자네도 자네가 꿈꾸는 새 인생을 시작해 보게. 하나님은 누구에게나 재능을 주셨다네. 그만한 조직을 이끌고 부하를 다스리는 실력이 있다는 것을 보면 자네는 통솔력이 있는 사람이야. 그 험준한 입세에서 살아남으려면 배짱 또한 있었겠지. 남다른 안목도 겸해서. 자네의 그러한 능력들을 잘 살려보게나."

"감사합니다. 목사님."

사내는 갑작스러운 노인의 칭찬에 어쩔 줄을 몰라 했다.

"실은…. 저도 겁이 많답니다. 이 바닥 인생이 저를 만족시키지 못해도 빠져나오지 못하는 게 실은 두려움 때문이에요.

과연 잘 될까⋯. 잘할 수 있을까⋯. 새로운 길에 도전한다는
데 대한 부담이 큽니다."

"〈강하고 담대하라! 내가 너희와 함께 하리니!〉 두려워 말
고 시작해 보게나. 나도 그랬어. 그런데 이 나이 되어보니 두
려움 때문에 시작도 안한 일들이 후회되더구먼. 자네는 잘할
수 있을 것이야. 강하고 담대하게 나아가게!"

상담은 끝났다. 사내는 편안한 얼굴로 돌아갔다. 노인은 충
분히 예상할 수 있었다. 그가 아버지를 용서하고 새 삶을 시작
하리라는 것을⋯.

노인은 기진맥진했다. 오늘을 위해 그동안 노력했던 시간,
긴장되었던 하루의 흔적이었다. 그래도 마음만은 가벼웠다.
노인은 침대에 누워 창문 밖 하늘을 바라봤다. 하늘엔 뭉게구
름이 군데군데 떠다니고 새들은 삼삼오오 무리를 지어 날아
가고 있었다. 평화로워 보이는 풍경이었다. 그러다 어느새 노
인은 깊이 잠들어 버렸다.

방풍

해가 아직 뜨기도 전에 노인의 눈은 번쩍 떠졌다. 오늘은 할아버지의 옛이야기에 나왔던 그 '산'에 가볼 예정이었기 때문이다. 노인은 침대에서 벌떡 일어났다.

"룰루루~~"

콧노래가 시절로 나왔다. 드디어 꿈에 한 발짝 다가서는 날이었기 때문이다.

'어이쿠, 벌써 시간이 이렇게 됐네. 얼른 나가자. 산은 해가 일찍 지는데…. 시간이 없어. 시간이.'

노인은 새벽녘 어슴푸레한 공기를 헤치며 집을 나섰다.

동네 뒷산 너머에 있던 '산'과 너머 너머에 있던 '산'은 개발로 없어졌기 때문에 노인은 너머 너머 너머의 '산'을 향했다.

첫 번째 길을 한참 따라가니 산꼭대기에 잔뜩 구름을 품은 웅장한 '그 산'이 나왔다. 노인은 산에서 어떤 기운이 뻗쳐 나오는 것 같았다. 여느 평범한 산 느낌이 아니었다.

'이 산이라면 분명 무언가 있을 거야.'

노인은 잔뜩 기대됐다.

산 아래에 다다르자, 노인은 자신의 두 무릎에 물었다.

"할 수 있겠나?"

"이제 뭔들 못하겠나?"

무릎 대신 노인이 대답했다.

이렇게 각오를 다진 뒤 노인은 한 걸음 한 걸음 조심스럽게 산을 오르기 시작했다.

산은 평화롭고 조용했다. 이따금 산새들의 지저귐 소리만 들릴 뿐이었다. 소나무가 많은 산이라 그런지 공기도 매우 좋았다.

마음 같아선 한걸음에 산 정상까지 올라가고 싶었지만, 무릎 때문에 도저히 속도를 낼 수가 없었다.

그렇게 천천히 산을 오른 지 한두 시간쯤 지났을 때였다. 노인은 흙집 한 채를 발견했다.

'이 산속에 집이?'

노인은 집으로 다가갔다. 누군가 살고 있는 흔적들이 보였다.

"이보시오! 누구 계시오?"

"누구신가요?"

집 안에서 50대 정도 되어 보이는 남자가 나왔다.

"여기 사시는가 보오."

"예, 그렇지요."

"지나가던 길인데 혹시 들어가서 좀 쉴 수 있겠소?"

"물론이지요. 들어오세요."

노인은 집주인과 나란히 마루에 걸터앉았다.

"전망이 좋구려."

수도 없이 이어진 산등성이와 푸른 하늘, 흰 구름이 어우러져 멋진 풍경을 연출하고 있었다.

"어느 집 앞마당에서 이런 경치를 감상할 수 있겠습니까. 허허. 구름이 내려오는 날엔 더 장관입니다. 아지랑이 피듯 구름이 피어오르면 산이 신비로워지지요."

"그야말로 신선놀음일세."

"그런가요? 허허허."

"여기 혼자 살고 있는 겐가?"

"예, 한…. 5년 넘었습니다."

"그렇구먼…. 어떻게 홀로 산에 살고 계시는 것이오?"

"집도 없고 오갈 곳 없는 처지가 된 데다 몸까지 아파서 이렇게 산속으로 들어오게 됐어요. 들어와 보니 잘 왔다는 생각이 듭니다. 몸도 많이 나았고 무엇보다 마음이 많이 편해졌어요. 자연에는 치유 능력이 있는 것 같아요. 흙만 봐도, 초록색 나무들과 풀들만 봐도 마음이 저절로 편안해지니 말입니다.

이곳에 있다가 도시에 가면 온통 회색빛 건물들 뿐인 그곳이 얼마나 삭막하게 느껴지는지 몰라요. 게다가 소음도 어찌나 심한지… 거리에 수많은 차들이 내뿜는 소리, 지하철 안 덜컹거리는 소음들, 곳곳에 공사하는 소리 등등… 도시 사람들은 잘 몰라요. 자신이 얼마나 많은 소음 속에 묻혀 살고 있는지를요. 그 속에 적응되어 있다보니… 하지만 제가 여기 있어보니 이러저러한 소음 없이 조용히 지낼 수 있는 것도 신체건강이나 정신건강에 중요한 요소더라구요.”

“그래, 그래. 맞네. 맞아.”

“아! 그리고 산소도요. 이곳은 공기가 참 좋지요. 하지만 도시에 가보면 산소 결핍이 딱 느껴진다니까요. 일단, 공기 자체의 질도 안좋은 데다가 건물 안에서 생활하다 보니 그럴 수밖에요. 사람 몸에는 좋은 음식도 중요하지만 좋은 공기를 충분히 마셔주는 것도 정말 중요합니다.”

“맞네, 맞아. 그래서 산이 건강에 좋다고 하는 게지.”

“예, 그렇지요. 그런데 이 좋은 산들을 자꾸 깎아먹으려 하니 원…”

"그게 무슨 소린가?"

"벌써 저 앞에 있던 산 두 개가 없어졌어요."

"나도 아네! 그 산들! 오랜만에 와보니 감쪽같이 없어졌더구먼."

"예, 어르신 말씀이 맞습니다. 감쪽같이 없어졌지요. 요즘 기술도 좋다니까요. 그동안 이곳은 개발이 잘 안 되었었어요. 소외된 곳이었지요. 그래서 땅값이나 집값은 많이 오르지 못했지만 대신에 자연을 보존할 수가 있었습니다. 그런데 요즘 점점 교통이 좋아지니까 자꾸 여기 저기 개발들을 해대는 거예요. 그걸 보고 있노라면 참 답답합니다. 도시에 있다 보니 이곳만의 경쟁력을 알겠어요. 이곳은 아름다운 자연과 깨끗한 공기, 여유로운 공간들이 장점이거든요. 그런데 이 장점들을 살리려 하지 않고 자꾸 다른 대도시들을 따라가려고 해요. 그들처럼 무조건 개발을 하는 것보다, 지금의 이 자연들을 살려서 누가 와도 '이 곳은 사람 살만한 곳이다. 깨끗한 곳이다.' 라는 생각이 들게끔 발전시켜 나가는 게 훨씬 너 경생력있을 텐데 말이지요. 이곳까지 이렇게 개발이 되고 자연이 없어지는 걸 보면 결국, 전국 땅이 그렇다는 거예요. 자연의 소중함을 맛본 저로시는 참 안타까울 뿐입니다. 그나저나 어르신은 이 산 속에 무슨 일로 올라오셨습니까?"

"내 몸을 보게. 이리 저리 안망가진 곳이 없어. 그래서 어렸을 적 들었던 불로초로 건강을 찾아볼까 하는 마음으로 이곳을 찾았다네. 혹시, 자네는 알고 있나?"

"글쎄요… 불로초인 지 아닌지는 모르겠지만 좋은 약초는 하나 알고 있어요."

"그래? 그게 뭔가?"

"잠시만요."

남자는 저쪽 창고로 가더니 말린 약초 한 더미를 가지고 나왔다.

"이겁니다. 어르신."

노인은 호기심에 가득 찬 얼굴로 약초와 남자를 번갈아 쳐다봤다.

"제가 이곳에 처음 왔을 때예요. 이 산을 이곳저곳 헤맸지요. 그러다 이 집을 발견했습니다. 처음엔 방 사이 사이 벽이 무너져 있긴 했지만, 그런대로 쓸만했어요. 집 주변에 잔뜩 나 있던 이 풀들로 무너진 곳을 막았어요. 또, 잠자리가 편하도록 방바닥에도 이불 삼아 깔아놓고요. 그렇게 한…. 몇 달을 살았어요. 그랬더니 어느 순간 제 무릎이 나아 있더라고요. 무릎이 매우 아팠거든요. 저뿐만이 아니었습니다. 간혹 저처럼 이 산에 올라와 생활하려는 사람들이 있었는데, 어차피 집에 방도 남는 터라 같이 살았었죠. 그런데 그 사람들 중 저처럼 무릎이 아프던 사람들이 모두 다 낫더라고요."

"오~~ 그렇구먼!"

(꼬르륵)

"어르신, 시장하신 모양입니다."

"내 배가 그렇다는구먼."

"잠시만 기다리십시오. 모처럼 만의 손님이신데 제가 대접할게요."

남자는 얼마 뒤 상을 차려 나왔다. 상에는 물 한 잔, 죽 한 그릇, 그리고 반찬 몇 가지가 담겨 있었다.

"드셔보세요. 이 물은 저 풀을 달인 거구요, 죽 역시 저 풀로 만든 거랍니다. 어르신 무릎에 좋을 거예요."

"고맙네. 고마워."

노인은 목이 말랐던 터라 우선 물부터 마셨다. 약초물은 맛이 괜찮아서 노인은 약초물을 벌컥 벌컥 들이켰다.

노인이 마지막 한 방울을 목구멍으로 넘긴 뒤였다.

"음…. 음?"

"왜 그러세요! 어르신?"

"약초의 기운이 온몸을 감싸고 도는구먼! 좋아 좋아."

노인은 엄지를 척 들어 올리더니 조용히 눈을 감고 약초 기운을 음미하기 시작했다.

그렇게 잠시 조용히 있던 노인이 갑자기 눈을 번쩍 떴다.

"오~~!"

옆에 있던 집주인이 다시 물었다.

"왜 그러세요? 어르신?"

"몸이 점점 가벼워지는구먼!"

노인은 다시 눈을 감은 채 대답했다. 노인의 표정에선 편안함이 묻어났다.

"다행입니다. 이 약초가 잘 맞나 봅니다. 아무리 좋은 약이라도 자기 몸에 맞지 않으면 효과가 없거든요. 오히려 독이 될 수도 있지요."

"아니?!!"

"예? 아니시라고요??"

"아니!! 이럴 수가!!"

노인은 두 무릎을 만져보기 시작했다. 분명 무릎 통증이 아까보다 덜 했다. 아니! 점점 사라지고 있었다.

오늘은 평소보다 많이 걸었던 터라 가뜩이나 아팠던 무릎이 더 아팠다. 그런데 그 통증이 사라지고 있는 게 아닌가!

노인은 조심스럽게 일어나 마당 안을 걷기 시작했다.

"이거 참…. 오호…."

정말이었다! 다리가 가볍고 무릎 통증이 느껴지지 않았다.

이런 노인의 행동에 의아해진 것은 옆에 있던 남자였다.

"무슨 일인가요? 어르신?"

"이보게! 무릎 통증이 없어졌어! 없어졌다고!!"

이제 노인은 마당 안을 서서히 뛰어 돌기 시작했다.

"예?"

남자는 여전히 어리둥절했다.

노인은 점점 속도를 올리더니 이제는 전속력으로 마당 안을 질주하고 있었다.

한참을 뛴 후 노인은 사내 앞에 섰다.

"이거 참 신통방통하구먼! 진짜야! 진짜! 무릎이 씻은 듯이 나았어!"

노인은 사내 앞에서 통, 통, 통 점프하기 시작했다.

"보게나! 이렇게 뛰어도 하나도 안 아파~아~"

계속 점프하면서 노인이 외쳤다.

"예…. 그렇습니다만…. 참 신기하네요! 저는 몇 개월 걸려서야 효과를 봤는데…. 다른 사람들도 그렇고요!"

"사람이 각자 다르듯, 약 효과 보는 속도도 다른가 보지! 하하하!"

드디어 제자리에 선 노인이 말했다.

"지금 마음 같아선 이 무릎으로 바위도 깨부술 수 있을 것 같구먼! 어디 한 번 보여줄까나?"

그러더니 노인은 집 근처에 놓여있던 바위로 향했다.

사내는 노인을 급히 말렸다.

"아이고, 어르신, 진정하십시오! 아무리 좋은 약이라도 몸을 무리하면 효과가 없어지는 법입니다."

"그런가?"

노인은 즉각 하던 행동을 멈췄다. 그리고 사내의 두 손을 부여잡고는 말했다.

"자네 덕분일세, 고마워."

노인의 두 눈엔 눈물이 글썽글썽 맺혀 있었다.

"어르신이 이리도 기뻐하시니 저도 좋네요."

남자는 미소 지었다.

이제야 좀 진정한 노인은 저 풀이 분명 불로초일 거라고 생각했다. 그래서 남자에게 말해 풀들을 좀 얻어갈 수 있겠느냐고 물었다. 산에 살아 산을 닮은 남자는

"여기에 널린 게 저 풀이에요. 마음껏 가져가세요!"

라고 넉넉히 말해줬다.

노인은 세상을 다 가진 기분이었다.

남자에게 작별을 고하고 산에서 내려오는 동안 노인의 마음은 하늘에 둥둥 떠다녔다.

그 날 산을 신나게 뛰어 내려오는 노인의 모습은 한 마리의 노루 같았다.

교통사고 여자

어제 노인은 누가 업어가도 모를 정도로 곯아 떨어졌었다. 한 손에 풀 한 포기를 쥐고 웃음가득한 얼굴을 하고선.

해가 중천에 떴을 때야 비로소 노인은 정신을 차렸다. 노인은 깨자마자 거울 앞으로 가서 두 무릎을 점검했다. 통, 통, 통 뛰어도 보고 일어났다 앉아노 보고.

어젯밤 일은 꿈이 아니었다. 두 무릎은 아주 튼튼했다.

'좋아, 좋아.'

하며 거울을 다시 본 순간, 노인은 뭔가 잘못됐음을 알아치렸다.

거울 속에는 여전히 백 살은 됨직한 늙은이 한 명이 서 있는 게 아닌가.

만약, 노인의 생각대로 저 풀이 불로초가 맞다면 이런 일이 있으면 안 되는 거였다. 어디 천하의 불로초 효능이 그것뿐이겠는가! 불로초를 먹으면 당장 젊음이 돌아오고 노인은 청년 같아야 했다. 백번 양보하고 양보해도, 최소한 육십 대 젊은이가 거울 속에 서 있어야 했다.

그 풀은 노인이 찾던 불로초가 아님에 틀림없었다. 노인은 적지 않게 실망해 침대에 풀썩 주저앉았다.

한참 허탈해하다 '처음 나간 것 치고는 꽤 괜찮은 소득이었어. 힘을 내자고. 힘을.' 이라며 노인이 중얼거리고 있을 때였다.

"딩동"

초인종이 울렸다.

'도대체 이 아침부터 누구람.'

노인은 터덜터덜 문으로 나갔다.

"누구시오?"

30대 후반으로 보이는 여성이 휠체어를 타고 문 앞에 있었다.

"안녕하세요. 이곳에서 상담을 할 수 있다고 들어서요.."

"네, 그렇습니다만….."

노인은 고민했다. 지난 번 사내와의 '얼떨결에 상담' 이후 다시는 일을 크게 벌이지 않으리라 다짐했었다.

무엇보다도 노인에게는 불로초를 찾을 시간도 부족했다. 그의 나이에 하루는 청년들의 1년과도 다름없는데 더 이상 시간을 지체할 수는 없었다.

하지만 절망이 가득한 눈빛을 한 저 여자에겐 도움이 절실해 보였다.

"… 들어오시오."

노인은 결국 그녀를 상담실로 들였다.

여자는 매우 긴장하고 있었다. 안절부절 못하겠는지 두 손을 꽉 잡고 자신의 감정을 다스리고 있었다.

"편안하게 앉으셩"

노인은 나름 유머를 발휘했다. 그녀의 긴장을 풀어주기 위해서였다. 노인의 유머가 통했는지 여자는 살짝 미소 지었다.

"자, 주기도문을 같이 외워봅시다."

그녀의 긴장을 풀어주기 위한 제안이었다.

"하늘에 계신 우리 아버지여, 이름이 거룩히 여김을 받으시오며 나라에 임하옵시며 뜻이 하늘에서 이루어진 깃 같이 땅에서도 이루어지이다…"

주기도문을 마친 여자의 얼굴은 한결 편안해 보였다.

"그래, 이쩐 일로 오셨소? 다 말씀해 보게. 이곳에서는 모~~오든 것을 다 말해도 된다네."

여자는 뜸을 들이다 입을 열었다.

"목사님! 세상에 저만큼 불행한 사람이 있을까요?"

"어이쿠, 이게 무슨 말이야. 얼른 이야기해보게, 얼른."

"예… 저는 잘 나가던 커리우먼이었어요. 서른 초반에 회사의 2인자가 됐죠. 1인자는 창업주였으니까 최고로 승진한 거라고 보면 되요. 미모도 꽤 괜찮았어요. 제 입으로 말씀드리기 그렇지만… 솔직하게 말씀 드려야 하는 자리니까 솔직히 말씀 드리는 거랍니다."

여자는 살짝 수줍어했다.

"사귀자는 사람, 결혼하자는 사람이 참 많았어요. 주변에서는 서로 소개해 주려고 안달이었죠. 제 주변에는 늘 사람들로 넘쳐났어요. 저는 아무 부족함 없이 제 인생을 즐겼죠…. 그런데, 그 일 때문에 제 인생이 180도 변하게 된 거예요."

"그 일? 무슨 일이었나?"

"교통사고였어요. 꽤 심각한 교통사고여서 저는 한 동안 병원에 누워 깨어나지 못했어요. 가까스로 정신이 돌아왔을 때, 저는 전신을 움직일 수 없다는 사실을 알았어요. 치료를 받으며 꼬박 7년을 병원에서 보냈어요. 처음엔 저를 알던 사람들이 자주 병문안을 왔어요. 그런데 시간이 흐르고 흐르니까 점점 발걸음을 끊더니 이제 제 곁에 남아있는 사람은 거의 없네요…"

"그랬구먼…"

"이젠 휠체어를 타고 다닐 수 있게 됐어요. 의사 말로는 평생 걷는 건 불가능하다네요. 전 아직 결혼도 안했는데… 나이는 서른아홉에 몸은 이 모양이니 누가 저같은 사람과 결혼하려고 하겠어요?

친구들은 다들 결혼해서 아이까지 있어요. 카카오톡이나 페이스북 등 sns에 사진들을 올려놓는데, 다들 행복해 보여요. 다들 그렇게 잘 사는데 저만 무인도처럼 세상 속에서 떨어져 나온 것 같아요."

"그래, 그래. 그렇게 된 거구먼."

노인은 잠시 말을 멈췄다가 느닷없이 목소리를 키웠다.

"하여간 요즘 sos? 그게 문제야 문제!"

"예?, 아! 저… 목사님. sns 말씀하시는 건가요?"

"sos나 sns나~ 거기서 거기지. 아닌가? 허허허! 그래! 그 sns라는 거 말일세!"

노인은 자세를 고쳐 앉고 다시 말을 이어나갔다.

"자매님, 사람들은 까매년키런 자신이 힘들 때 '내가 세상에서 제일 힘든 것 같애.'라고 생각하곤 한다네. 특히 요즘엔 sos를 보면서 그런 생각들을 많이 하더구먼. 그런데 말이야. 이 늙은이가 지금껏 살아보니, 길게 보면 인생은 꽤 공평하다네. 그게 무슨 말이냐 하면. 이 노인네가 살아보니 누구에게나 다 힘든 일이 있고 자신만의 짐이 있더라는 거야. 〈세상에 있는 이들은 모두 같은 고난을 겪음이라〉 다만, 그것들이 겉으로 드러나지 않아서 우리가 잘 모르는 것 뿐이라네. 자네, 자네의 카카오톡이나 페이스북에 안좋은 일을 올리고 싶나? 좋은 일을 올리고 싶나?"

"좋은 일이요."

"그렇지? 자네만 그런 게 아니야. 다들 나쁜 일보다는 좋은 일을 올리고 싶어 하네. sos는 다른 사람에게 보여주고 싶은 '나'를 드러내는 곳이니까 말일세."

"예…."

"그러니 다들 힘든 일 없이, 창창하게 잘 살고 있는 것처럼 보이는 게야. 하지만 그게 그들 인생의 전부는 아니라네. 젊었을 때, 힘들 때면 거리를 배회하며 내 인생의 문제를 고뇌했던 적이 있었지. 그럴 때면 나만 빼고 거리의 사람들이 다 행복해 보이는 거야. 팔짱 끼고 웃으며 걸어가는 사람들, 뭐가 좋은지 하하 호호 즐겁게 떠들며 가는 무리, 어딜 가는지 말끔하게 차려입은 멋쟁이들…. 이 세상에 힘든 사람은 나밖에 없는 것 같았지. 당시엔 나도 그렇게 생각했다네. 하지만 지나서 생각해 보니 그때 거리에 나온 사람들은 그동안 너무 힘들다가 오랜만에 기분 좋은 약속이 생겨 나온 사람들일 수도 있고, 힘든 일을 꽁꽁 속으로 숨긴 채 억지로 모임에 가야 하는 사람들일 수도 있었어. 그들의 겉모습만 보고 나만 힘들다고 생각한 내가 '삶'에 대한 이해가 부족했던 거지."

여자는 조용히 듣고 있었다. 노인은 계속 말을 이었다.

"그러니 sos를 보고 내 삶을 불행하다고 생각하는 게 얼마나 어리석은 일인가! 그들 삶의 일부만 보고, 겉으로 드러낸 부분만 보고, 내 삶을 깎아 먹는 생각을 한다는 게 말일세."

"정말 그렇네요. 목사님…."

여자는 노인의 말을 진지하게 음미하고 있었다.

노인은 계속 말을 이었다.

"사람의 생김새가 각각 다르듯이 삶의 모습도 다르다는 걸 이해할 필요가 있다네. 누구에게나 인생의 짐이 있지만 그 짐이 다가오는 시기나 기간은 사람마다 다를 수 있어. 나에게 좋은 시기일 때 누구는 나쁜 시기일 수도 있고, 누구에게는 좋은 시기가 나에게는 나쁜 시기일 수도 있는 게야. 또, 어떤 사람에게는 강도 높은 고난이 한 번에 왕창 올 수도 있고 어떤 이에게는 가늘고 길게 조금씩 올 수도 있다네.

그러니 인생이 어느 한 시점에서 내 인생과 타인의 인생을 비교하는 건 무의미한 게야. 내 인생은 내 인생만의 시계가 있고, 다른 이의 인생엔 그만의 인생시계가 있는 게지. 그저 '내 인생'에 충실하면 된다네. 어느 누구와 비교할 필요 없이…"

"예! 목사님! 정말 그러네요."

여자의 얼굴은 처음보다 훨씬 밝아져 있었다.

"〈고난당한 것이 내게 유익이라〉고 했네. 역사를 보면 고난 없이 위대한 인물이 된 사람이 어디 있는가! 아무도 없다네. 왜냐하면 고난은 사람을 키우기 때문이야.

〈우리가 환난 중에도 즐거워하나니 이는 환난은 인내를, 인내는 연단을, 연단은 소망을 이루는 줄 앎이로다〉

고난은 우리를 단련시킨다네. 고난 속에서 우리는 더 큰 시련을 이겨낼 수 있는 인내를 키울 수 있고, 우리의 소망을 이루기 위한 능력을 기를 수 있지. 대장장이가 불에 넣은 쇠가 뜨거운 불을 견디며 더 단단해지는 것처럼 말일세. 그렇게 연단되어 나온 쇠는 이전보다 더 많은 역할을 할 수 있지."

"인내, 연단, 소망이요..."

여자의 마음에 노인의 말 한마디 한마디가 와닿았다.

"지금 자네에게 닥친 고난은 후에 큰 유익이 될 수 있다네. 그건 자네가 고난에 어떻게 대처하는지에 따라 달렸지. 만약 자네가 고난에 져서 좌절하고 낙담한다면 고난이 이끄는 대로 점점 그 고난 속에 빠지겠지만, 고난을 배움과 성장의 기회로 생각하고 이겨낸다면 자네는 그 이전보다 훨씬 더 잘 되어 있을 걸세. 작은 고난은 작은 축복을 가져오지만, 큰 고난은 큰 축복을 뒤에 가져온다네. 자네에겐 아주 큰 축복이 기다리고 있겠는걸?" 그러니 낙담하지 말고 인내하고 연단을 받게나. 고난에 지지 말고 싸워 이기는 거야!!"

"예! 목사님! 고난이 나를 키울 수 있는 배움의 장이 될 수 있다는 것을 알고, 그리고 그 배움이 후에 저의 소망을 이루는 뒷받침이 된다는 사실을 알고, 고난을 즐거워하라. 말씀대로 저에겐 큰 축복이 기다리고 있겠지요?"

"그럼 그럼! 〈모든 것이 합동하여 선을 이룬다〉고 하였네. 나중에 자네가 잘되어 있을 때 지금의 일들을 뒤돌아보면 알게 되는 날이 올 걸세. 자네는 분명 잘될 거야! 그리고 분명 건게 될 것이야! 세상에 기적이 일어나고 있다는 사실을 자네도 알지?"

"예! 감사합니다."

라고 말하는 여자의 얼굴에는 미소가 가득했다. 이제야 어둠 속에서 빛 속으로 나온 것 같았다. 여자는 상담소를 나가면서도 몇 번이고 노인에게 감사하다고 말했는지 모른다. 그럴수록 노인의 마음에도 자신감이 살랑살랑 차올랐다. 여자가 가고 나서 노인은 이렇게 생각했다.

'까짓거 이렇게 된 이상 계속 해 보는 거야. 저렇게늘 좋아하는데 말이야. 내가 없었다면 저 사람의 인생이 어떻게 되었겠냐 이 말이지.'

결정을 내린 노인은 차 한 잔을 여유롭게 마시며 그날의 일을 회상했다. 상담이라면 이제 어느 정도 자신이 있었다.

구기자

오늘 아침 메뉴는 지난번 산에서 먹었던 약초 죽이었다. 그때 노인은 산속 남자에게 죽 만드는 법을 전수받아 왔었다.

"새벽에 이슬 맞은 새순을 따셔야 합니다. 제가 미리 따놓은 게 있으니, 그것도 같이 가져가세요. 햇빛을 보지 않게 하시고요. 먼저 멥쌀 죽을 쑤어서 반쯤 익히다가 새순을 넣으시고 끓이시면 됩니다. 다 익으면 차가운 사기그릇에 담아 살짝 식히셔서 따뜻한 감이 남아있을 때 드시면 제일 좋지요."

달그락, 달그락

노인은 노란 앞치마를 곱게 입고 정성스럽게 약초 죽을 끓였다.

"으~음~~"

죽을 한 입 먹자 달착지근한 향이 입 안 가득 퍼졌다.

기분 좋게 아침 식사를 한 노인은 든든한 두 무릎과 함께 또 길을 나섰다. 아직도 입 속 가득히 향기가 그윽이 남아있어 노인은 미소 지으며 걷고 있었다.

"응? 저게 무슨 일인고?"

노인의 두 눈에 또 다른 노인 하나가 젊은 여인에게 야단맞고 있는 모습이 들어왔다.

"아니, 아무리 세상이 요지경이라고 하지만 이런 법이 어디 있나? 자기보다 나이도 훨씬 많은 어른한테 하는 행동이 그게 뭔가?"

노인은 젊은 여인에게 다가가 호통을 쳤다.

"어머, 어르신 오해하신 거예요. 애보다 제가 나이가 많아요. 저는 이 애 어미이고, 이 애는 제 아들이랍니다."

"아니, 아무리 내가 늙어 눈이 침침해도 그렇지 누가 아들이고 어미인지 분간도 못 할까?"

"아유, 어르신 그렇대도요."

"예, 제 어머니 말씀이 맞습니다. 어르신."

젊은 여인 옆에 서있던 노인이 여인을 거들었다.

"내 살다 살다 별의별 일을 다 보는구먼! 그 말을 지금 믿으라는 겐가?"

"처음 보시는 분이라 오해하실 수도 있어요. 이해해요. 어르신."

여인은 사정을 설명하기 시작했다.

"저희 집안에는 대대로 내려오는 장수 비결이 있어요. 저도 그 비결대로 실천해 나이에 비해 이렇게 젊어 보이는 거랍니다. 올해 아흔여섯 살이거든요."

노인은 아흔여섯 살이라는 여인의 말에 깜짝 놀랐다. 노인의 눈에 여인은 기껏해야 삼십 대로 보였기 때문이었다.

"저희 집안사람들은 대대로 자식들에게 그 비결을 가르쳐주고 늘 생활화하도록 하지요. 다들 전통을 잘 따라서 저처럼 젊고 건강한데 이 녀석이 아무리 말해도 들어야 말이지요. 여기 서 있는 제 아들은 일흔세 살인데, 이렇게 바싹 늙었지 뭡니까. 그래서 야단을 치고 있던 참이에요."

노인의 귀는 솔깃해졌다. 혹시 노인이 찾던 불로초가 아닐까?

"아니, 그게 도대체 무슨 비결인가? 내 귀로 직접 듣기 전까지는 자네 말을 믿을 수가 없겠네."

"차를 마시는 건데…. 여기서 이럴 게 아니라 저희 집으로 가시지요. 직접 보여드리는 게 더 나을 것 같네요."

"오~ 그 소리 좋구먼! 이왕 갈 거 얼른 가보세."

"예~ 애야 네가 어르신을 모시고 앞장서거라. 나는 저 짐을 짊어지고 가야 하니."

여인은 그들 옆에 놓여 있던 지게를 가리켰다. 지게에는 나무가 한 짐 가득했다.

"어머니, 무슨 말씀이세요. 저 무거운 짐을 어떻게 제가 어머니께 들립니까. 제가 들고 갈 테니 어머니는 어르신을 모시고 가세요."

여인은 한숨을 푹 쉬었다.

"지난번에도 그러다 허리를 삐끗해서 몇 달을 고생하지 않았니. 됐다 됐어. 너보단 내가 더 젊고 건강하니 내가 지마."

여인은 지게로 가더니 '가볍게' 지게를 들어맸다.

"자, 가시지요."

아들 노인은 어쩔 줄 몰라 하다가 여인을 따랐다.

노인도 여인의 힘에 감탄하며 여인을 따랐다.

여인과 아들 노인의 집은 그리 멀지 않은 곳에 있었다.

"애야, 마루에서 어르신 사 쉬고 있으렴. 내가 들어가서 저녁 준비해 오마."

여인은 지게를 내려놓고 부엌으로 들어가려 했다.

아들 노인이 여인을 만류하며 말했다.

"어머니, 차는 제가 준비하겠습니다. 앉아서 쉬세요."

"됐다. 애야. 네 다리를 보렴. 벌써 후들거리고 있지 않니. 나는 멀쩡하니 너는 앉아서 좀 쉬려무나."

"아니에요. 어머니. 전 멀쩡합니다. 제가 준비해 오겠습니다."

라고 말하고서 아들 노인은 부엌에 들어가려다가 휘청했다.

"아, 현기증이….."

아들 노인은 머리를 잡고 서서 다 죽어가는 소리로 말했다.

"그것 보렴! 힘들어서 그런 게야. 얼른 앉아서 쉬어라! 쉬어!"

"예…. 어머니."

아들 노인은 창백해진 얼굴로 말했다.

노인은 아들 노인과 함께 마루에 앉았다. 마루에는 액자들이 여럿 걸려 있었다.

"저 사람들이 다 누군가?"

"저희 조상들입니다. 저분은 세종대왕 시절 사셨던 분으로 저 때 나이가 103살이었대요. 저분은 영조 임금 시절 사셨던 분으로 98 세셨고요. 저분은 정조 대왕 시절 사셨던 분으로 117 세셨다고 합니다….."

아들 노인은 액자의 순서대로 노인에게 설명해 줬다.

다들 하나같이 나이에 비해 훨씬 젊어 보였다. 아니, 그냥 젊어 보이는 정도가 아니었다. 나이에 비해 어려도 너무 어려 보였다. 여인이 말한 그 '비결'이 정말 효과가 있긴 한 모양이었다.

얼마 지나지 않아 여인은 예쁜 다과상을 가지고 나왔다. 다과상에는 하얀 도자기 주전자와 찻잔 그리고 다식이 있었다.

"조상님들을 보고 계셨네요. 그때는 임금이 노인을 우대하는 제도가 있었대요. 한 번은 저희 조상님이 아흔여덟 살이라 이를 축하하기 위해 젊은 영조 임금님께서 부르셨지요. 임금님은 저희 조상님을 자헌대부 지중추부사에 제수하시고 기로소에 들어가는 은전을 베푸신 다음 직접 만나시어 치하하셨다고 해요. 제 생각에는 영조 임금님께서 그때 저희 조상님을 뵙고 장수하는 영감을 얻으신 게 아닌가 싶어요. 임금님도 장수하셔서 많은 일들을 하셨잖아요."

여인은 주전자에 가득 담긴 차를 찻잔에 따라 노인에게 건넸다.

"드셔보세요. 이 차가 바로 저희 집안의 비결이랍니다."

찻잔의 흰 빛과 차의 붉은 빛이 길 어우러져 노인의 입맛을 돋우고 있었다.

"그럼 한 번 맛보겠소."

노인은 천천히 차 맛을 음미했다. 부담 없는 맛이라 누구든 편히 즐길 수 있는 차 같았다.

"이런 이야기도 있어요. 옛날에 이성계가 말을 타고 가다

갈증이 나서 물을 마시려고 물가를 찾았대요. 거기에 한 여인이 있어서 급히 물을 좀 달라고 했더니 여인이 바가지에 나뭇잎을 동동 띄워 주더랍니다. 급히 먹는 물에 체할까 염려되어서요. 그때 그 나뭇잎이 바로 이 차 원료와 관련이 있지요."

"그런 이야기도 있구먼! 허허"

"어르신, 다식도 드시면서 드셔요."

"그래, 그래야겠네."

"한 번은 저희 증조할아버님이 저 아래 지방의 어느 노인분에게 비결을 알려주신 적이 있대요. 들려오는 소리로는 그 노인이 큰일을 해냈다더라구요."

"큰일? 무슨 일인가?"

"그 지방에 큰 샘이 솟구쳐 올라 몇 날 며칠을 마을로 흘러들었대요. 마을이 잠길 뻔했는데 그 샘을 이 노인이 집채만 한 바위를 들어다 막았다지요."

"오오~ 그런 얘기도 있구먼."

"예~~ 그래서 마을 사람들이 그 노인 집에 가봤더니 이 열매를 끓여 먹는 것은 물론이고 집을 온통 이 열매의 나무로 만들어놨다고 하더라고요."

"그렇구먼. 그렇구먼."

"그런데 이렇게 좋은 걸 먹으라고 해도 이 애는 도통 먹지를 않으니 말이에요. 어미로서 참 답답해요."

여인은 아들 노인을 가리키며 말했다.

"어르신 제 말씀을 좀 들어보십시오."

잠자코 여인의 말을 듣고 있던 아들이 입을 뗐다.

"비록 우리 집 전통인 그 차가 효과가 있다고 하나 그건 다 옛날에나 가능했던 일입니다. 요즘 세상을 보십시오. 자연이 얼마나 오염되었습니까. 게다가 이제는 하루가 멀다고 날아오는 스모그가 온 천지를 뒤덮으니, 아무리 불로장생의 약을 먹는다 한들 무슨 소용이 있겠습니까? 오늘도 보십시오. 스모그로 온통 뿌옇지 않습니까."

"엥? 그게 무슨 소린가? 이건 안개 아닌가?"

"아니에요, 어르신. 이건 공해 물질이랍니다. 몸에 들어가서 각종 질병을 일으킬 수 있지요. 건강한 사람에게는 지금 당장은 별 영향이 없어 사람들이 경각심이 덜 합니다만… 이게 몇 년이고 지속해서 날아온다고 생각해 보십시오. 사람들의 건강에 어떤 영향을 미칠지…"

"이 , 애기 무슨 소리를 하는 건지 . 그러니 니 집안의 비방을 마셔야지. 그래야 면역력이 강해져서 공해 물질도 이겨 낼 수 있지 않겠니."

여인은 눈짓으로 노인의 동의를 구했다.

"응? 응! 그렇지 그래. 자네 어머니 말씀이 맞네! 밑져야 본전 아닌가? 자네도 한 번 드셔보게나."

그때였다.

노인의 잇몸이 느닷없이 근질거리기 시작했다. 약간 아프기도 했다.

노인은 혀로 간지러운 곳을 긁었다. 그런데 뭔가가 느껴지는 게 아닌가!

"퐁!"

하는 소리와 함께 그 뭔가가 점점 잇몸을 뚫고 나왔다.

"오~~~! 이럴 수가!"

노인이 소리쳤다.

노인이 소리에 놀란 여인과 아들 노인이 물었다.

"무슨 일인가요? 어르신?"

"무슨 일입니까?"

"이빨이! 이빨이!"

노인은 입을 벌려 근질거리는 그곳을 여인과 아들 노인에게 보여줬다.

"어머나! 이게 뭐야?"

"세상에!!"

여인과 아들은 치아 한 개가 노인의 잇몸 밖으로 빼꼼 고개를 들고 있는 장면을 목격했다.

그때였다!

"퐁, 퐁, 퐁!"

여인과 아들 노인의 눈앞에는 치아들의 향연이 펼쳐졌다.

치아가 빠졌던 곳에 다시 나기 시작하고, 헌 치아는 새 치아로 갈아치워졌다.

"세상에! 이가 새로 나다니!"

여인은 다시 한번 소리쳤다. 아들 노인은 놀란 입을 다물지 못하고 있었다.

치아들의 향연은 모든 치아가 가지런히 자리를 잡을 때까지 계속됐다.

"거울 좀 가져다주실 수 있겠소?"

노인도 잔치에 참여하기 위해 여인에게 요청했다.

"그럼요! 어르신!"

여인은 후다닥 방으로 들어가 조그마한 손거울을 가지고 나왔다.

여인이 나왔을 때, '퐁,퐁,퐁' 소리는 어느새 잦아들고 있었다. 치아들은 잔치를 마치고 제 자리에 다소곳이 정착해 있었다.

노인은 손거울에 자기 치아들을 비춰봤다.

정면을 살펴보고, 오른쪽을 비춰보고, 왼쪽을 돌아봤다.

"아~"

위, 아래 어금니, 송곳니까지 찬찬히 자세히 들여다봤다.

모든 것이 완벽했다.

보면 볼수록 노인은 흐뭇해졌다. 노인의 입꼬리는 저도 모르게 점점 올라갔다.

"자, 어떤가? 김~ 치~"

노인은 여인과 아들 노인에게 새 치아를 정식으로 소개했다. 노인의 입 속에서 치아들은 수줍은 듯 자신 있게 반짝반짝 빛나고 있었다.

"어르신! 멋져요! 인물이 다 훤해지셨네요!"

놀라움 속에서 헤매고 있던 여인이 이제야 좀 정신을 차리고 대답했다.

"그나저나 이 차가 이런 효능이 있다는 말을 듣기는 했지만…. 이 정도일 줄은 상상도 못 했어요. 단숨에 치아가 나다니…. 그렇지 않니?"

여인이 아들 노인을 돌아봤을 때 그는 자리에 없었다.

"아니, 얘가 어디로 간 거야?"

여인은 두리번거렸다.

여전히 자신의 앞에 앉아있는 노인은 거울을 보며 싱글벙글하고 있었고 아들은…. 아들은….

아! 아들은 부엌에서 나오고 있었다. 손에 아까의 그 흰 사기 주전자를 들고서 말이다.

"얘야, 그게 뭐니?"

"예, 어머니. 차를 다시 끓여왔어요. 어르신이 다 드셨더라고요."

"어르신은 이제 배가 너무 부르실 것 같은데…."

"제가 마시려고요."

"네가?"

"예!"

하고 대답하더니 아들 노인은 벌컥벌컥 차를 들이켰다.

"전통은 지켜져야 하지요."

아들 노인은 다 마신 찻잔을 내려놓더니 이렇게 말했다.

그리고 얼마 뒤,

여인은 아까보다 더 큰 소리로 외쳤다.

"어머나! 어머나! 세상에!!"

노숙자

　그는 한 1년은 족히 입었을 것 같은 옷을 걸치고 서 있었다. 손목 언저리, 목 언저리는 닳아서 너덜너덜해졌고 때로 얼룩져 있었다. 몸에는 역한 냄새가 올라와 노인의 코를 찌르고 있었다. 얼굴은 때가 껴서인지, 햇볕에 그을려서인지 매우 까무잡잡했고 머리카락은 오랫동안 감지 않아 엉겨 붙어 있었다. 그는 노인에게 조심스럽게 물었다.

　"저…. 들어가도 될까요?"

　그는 자신의 상태를 잘 아는지라 미안해하는 눈치였다. 노인은 기꺼이 그를 반겼다.

　"아이고, 그럼 물론이고 말고 어서 들어오게나."

"여기가 상담할 수 있는 곳이라 들어서요."

"잘 찾아왔어. 상담은 저곳에서 한다네."

노인은 남자를 상담실로 안내했다.

"앉아도 될까요? 옷이 워낙 더러워서…."

"물론이고말고. 그런 걱정은 접어두게. 자네는 자네 얘기를 맘껏 터놓고 말하기만 하면 된다네."

"예…. 목사님, 그럼 실례하겠습니다."

그제야 남자는 편안히 의자에 앉았다.

노인은 따뜻한 차 한 잔을 가지고 왔다. 그래야만 굳은 입이 풀려 남자가 더 잘 말할 수 있을 것 같았다.

"감사합니다."

노인은 남자가 천천히 차를 마실 수 있도록 배려했다. 그러나 남자는 배가 고팠던지 차를 꿀떡꿀떡 순식간에 삼켜버렸다.

"자, 이제 이야기 보따리를 풀어보게나."

노인은 씽긋 윙크했다.

"예, 목사님. 저는 집이 없습니다. 길에서 생활을 하지요."

"그래, 무슨 사정이 있었길래 그리되었나?"

"사기를 당했어요. 조그만 가게를 운영했습니다. 먹고 살 만은 했어요. 남들처럼 평범하게요. 몇 년간 알고 지내던 형님이 있었는데 어느 날 좋은 투자처가 있다고 말해주더군요. 잘 되면 더 이상 힘들게 일 같은 건 안 하고 살아도 된다고요. 워낙 친하게 지냈던 사이이고 가져온 투자 정보들도 그럴싸해 보였어요. 그래서 모아뒀던 돈은 물론이고 집이랑 가게까지 저당 잡아 돈이란 돈은 다 투자했습니다. 약속된 날이 되도록 아무 소식이 없더군요. 그놈이 절 속였더라고요. 하루아침에 거리로 나앉게 됐어요. 빚만 잔뜩 떠안고요. 아내와는 이혼하고 애들은 아내가 친정으로 데리고 갔지요. 처음 얼마간은 뭐라도 해보려 했는데 도저히 길이 안 보이더라고요. 그러다 몸은 점점 망가지고, 어느 순간 길거리 인생에 익숙해진 저만 남아 있더라고요. 이 신세가 되니 어디를 가도 사람 취급도 못 받고 …. 사람들의 무시와 멸시가 말도 못 합니다. 목사님! 저는 도대체 왜 세상에 태어난 걸까요? 저는 태어나지 말았어야 할 존재가 아닐까요? 저는 제가 너무 하찮게 느껴져요.

남자는 끝내 눈물을 보이고야 말았다. 노인은 남자의 등을 쓰다듬어 줬다. 그의 등엔 온기가 일었다.

"〈창세 전에 우리를 택하사〉, 〈기쁘신 뜻대로 우리를 예정하사〉

자네는 우연히 이 세상에 태어난 게 아니라네. 하나님께서 미리 정하시고 택하여서 이 땅에 존재하게 된 것이네. 과거를 거슬러 올라가도, 앞으로도 쭈욱. 자네와 같은 사람은 단 한 명도 없을 것이야. 자네는 이 세상에, 유일무이한 존재지. 그러니 자네가 얼마나 귀한 존재인가!"

"예⋯."

남자의 눈가에는 여전히 눈물이 그렁그렁 맺혀 있었다.

"〈그가 너로 인하여 기뻐하시며 기쁨을 이기지 못하시며 너를 잠잠히 사랑하시며 너로 말미암아 즐거이 부르며 기뻐하시리라〉 자네는 이렇게 소중한 존재란 말일세."

"예."

남자는 옅은 미소를 지었다.

"자네 말대로 세상은 사람들을 물질로 평가하는 경향이 있다네. 어떤 차를 타고 다니는지, 어떤 옷을 입었는지, 얼마나 돈을 쓰는지 하는 것들로 말이야. 하지만 그건 세상의 관점일 뿐일세. 하나님께서는 사람의 겉모습이 아닌 마음의 중심을 보신다네.

우린 다들 완벽하지 않아. 그래서 다른 이의 겉모습을 볼 수 있을 뿐, 그 안에 어떤 것을 품고 있는지 알아볼 수 있는 사람은 드물다네. 하지만, 하나님은 아시고 나도 알고 자네도 알고 있지. 자네는 다른 사람들이 보는 것보다 훨씬 많은 가능성을 품고 있다는 것을 말일세. 그러니 다른 사람들의 말에 귀 기울이고 마음에 담아둘 필요가 없다네. 그들은 현재의 자네 겉모습만 볼 수 있을 뿐, 과거의 자네도 모르고 미래의 자네는 더욱 모르니 말일세."

"예!"

"〈범사에 기한이 있고 천하만사가 다 때가 있나니〉

비록 지금 자네가 노숙하는 처지이지만, 때가 그런 것뿐이야. 지금 상황 속 '자네'는 자네의 전부가 아닌 게야. 그러니 다른 사람의 평가는 흘려보내고 내면의 소리에 귀 기울여보게나. '나는 어떤 존재인지, 어떻게 살고 싶은지.'

노인은 남자에게 생각할 시간이 필요한 것 같아 잠시 틈을 두었다.

어느 정도 남자가 들을 준비가 되자 노인은 다시 말을 이었다.

"자네가 꿈꾸는 자네의 미래는 뭔가?"

"실은, 그런 생각을 놓아버린 지 오래됐어요. 그냥 저 자신을, 세상을 원망하고만 있었지요."

"그렇다면 지금부터라도 자네가 꿈꾸는 미래를 그려보게나. 머릿속으로 생생히. 아주 구체적으로! 자다가 꿈에 나올 정도로 말일세.

예전에, 일주일에 한 번씩 큰 병원에 다닌 적이 있어. 병원에 갈 때마다 따뜻한 날이면 그 근처 동네 벤치에 나와 있는 노숙인을 봤지. 그는 이발도, 면도도 하지 못해 덥수룩한 머리와 수염을 하고는 늘 무언가를 하고 있었다네. 그게 뭐였는지 아나?"

"글쎄요…. 뭐였나요?"

"신문을 읽고 있었다네. 그의 손엔 늘 신문이 들려 있었어. 겨울이라 너무 추운 날엔, 어딘가 찬바람을 피할 곳을 찾아 거기에서 신문을 읽고 있었을 게야. 신문 읽는 그이의 모습에서 열정이 느껴졌네. 그냥, 심심풀이로 신문을 보는 사람의 모습이 아니었어. 신문에 얼굴을 파묻고 종이가 뚫어져라 집중하고 있었지. 세상 그 누구보다도 멋져 보였네. 그리고 언젠간 저 사람의 인생은 달라질 것이라고 확신했지. 하늘은 스스로 돕는 자를 돕는다는 말도 있질 않은가. 〈구하라 그리하면 너희에게 줄 것이요, 찾으라 그리하면 찾아낼 것이요, 문을 두드리라 그리하면 너희에게 열릴 것이니〉 그 사람은 현재의 자신에 대한 다른 사람의 시선, 수군수군하는 소리에는 귀 기울이지 않았네. 그 시간에 자신이 꿈꾸는 미래를 준비하고 있었지. 미래에 대한 희망을 놓지 않았어. 더 좋은 미래를 상상하면서 말이야."

"예…."

"자네도 마찬가지일세! 자네가 자네의 삶을 놓지만 않는다면, 계속 구하고 찾고 두드린다면, 마침내 삶이 자네에게 대답할 걸세. 더 좋은 미래를 준비해 놓고 말이야!"

"예! 구하라, 찾으라, 두드리라, 더 좋은 미래요."

남자는 중얼거렸다.

"이 노인네가 지금껏 살아보니 무슨 일이든 장, 단점이 있더구먼. 자네의 사정이 어렵겠지만, 분명 자네의 입장에서만이 누릴 수 있는 가치가 있을 걸세. 예를 들면, 어떤 사람들이 자네 같은 처지인 사람들을 더 무시하는지, 어떤 사람들은 그렇지 않은지 경험해 보지 않았는가! 그런 경험을 통해서 사람을 보는 안목이 생길 수 있을 것이야.

내가 잘되어 있고, 내가 좋을 땐 나에게 잘하는 사람들이 많지. 그럴 땐 그 사람의 참모습을 볼 수 없다네. 내가 안 좋은 상황에 놓여 있을 때야 비로소 사람의 참모습이 보이지. 자네는 지금 이 시기를 통해 그걸 배울 수 있는 거야!

사실, 난 말일세. 인생을 배우기 위해선 노숙도 한 번 해볼 만하다고 생각하네. 하지만 그게 말이 쉽지. 어디 쉬운 일인가! 인생을 배워보자고 노숙한다는 게 말일세. 노숙인은 아무나 할 수 있는 경험이 아닐세. 값진 경험이지. 그리고 이 경험과 배움이 자네가 꿈꾸는 미래에 능력이 되어 나타날 걸세. 세상사가 결국은 다 사람에서 시작하고 사람에서 끝나는 법이거든. 어디에서든 사람을 알아볼 줄 아는 눈은 정말 중요하다네."

"예! 목사님. 정말 목사님 말씀이 맞는 것 같아요. 전 이번 일로 사람에 대해 다시 생각해 보게 됐거든요. 사기를 당하고 돈이 없어져 거리로 나앉는 과정에서 사람들의 민낯을 보게 됐지요. 나이만 먹고, 헛산 느낌이었어요. 내가 이렇게 사람을 몰랐었나, 세상을 몰랐었나 싶었습니다. 그땐 그게 저에게 큰 상처였는데…. 목사님 말씀처럼 이제 사람 보는 눈이 바뀌었어요. 그리고 거리에서 사람들을 겪다 보니 사람을 수단으로 보지 않는, 인간의 존엄성을 알고 실천하는 좋은 사람들을 보게 되었어요. 또, 이번 일로 저도 '사람의 가치'에 대해 많이 생각해 보게 되었어요. 나는 얼마나 사람을 귀중히 여겼는가 돌아보게 되었고요. 아까 사람의 민낯에 관해 얘기했지만, 실은 저 역시 부끄러운 생각과 행동들을 많이 했던 것 같거든요.

목사님! 어떨 때 보면 인생은 평행선이라는 생각이 들어요. 많은 사람이 자신이 태어난 환경과 비슷한 사람들을 만나며 그 속에서 살아가고요. 그 범주를 벗어나는 사람들과의 교류는 생각보다 많지 않아요. 특별히 의도하지 않았는데도 그렇게 각자의 인생들은 평행선을 달리곤 하죠. 그래서 사람들은 다른 범주의 사람들에 대한 이해가 부족하게 되는 것 같아요. 저도 제가 이렇게 되기까지는 노숙인들의 삶에 대해 알 수도 없었고 알려고 하지도 않았어요. 이 처지가 되어서야 그들의 삶에 대해 알게 되었죠. 사실, 세상엔 좋은 사람들이 많아요. 그러니 지희 세상이 유지가 되겠지요. 다만, 미저 서로를 알지 못해 배려할 수 없는 것뿐이에요. 서로의 처지를 좀 더 이해하게 된다면 우린 더더욱 서로를 배려하며 살 수 있을 거예요. 저는 제가 다시 잘 되면 노숙인들의 자립을 돕는 일을 하고 싶어요. 이제 그들의 삶을 이해하니까요."

"그것 보게나! 자네의 경험이 자네의 생각을 키우고 있잖은가! 이 사람~~ 큰일 낼 사람이구먼!"

노인은 남자의 어깨를 장난스레 툭 쳤다.

"하하, 목사님도 참~"

"〈내게 능력 주시는 자 안에서 내가 모든 것을 할 수 있느니라〉 자네가 어떤 일들을 해낼지, 어떻게 살아갈지 기대가 되는구먼.

잊지 말게나, 하나님은 보이지 않으시지만, 항상 자네 옆에서 자네를 지켜주신다는 것을."

"예! 목사님! 기대해 주십시오."

남자의 꺼져가던 눈빛이 어느새 반짝반짝 빛나고 있었다.

"자넨 잘할 수 있어. 그렇고말고."

"예! 저도 이제부터 다시 잘해보렵니다!"

국화

　노인의 눈앞에 노란 꽃밭이 펼쳐졌다. 꽃밭 근처에는 큰 샘이 하나 있고 그 근처에 정자가 놓여 있었다. 그리고 정자 뒤로는 소나무가 멋스럽게 심겨 있었다.

　마침 날이 맑아 하늘은 구름 한 점 없이 푸르렀는데 이 모든 것들이 조회를 이뤄 매우 아름디있다.

　바람이 저편 산골짜기에서 불어와 꽃향기를 노인에게로 실어 왔다.

　거기에 따듯한 햇살까지…. 모든 것이 완벽했다.

　'지상낙원이 따로 없구먼.'

　노인은 천천히 정자 쪽으로 걸어갔다.

정자 근처에 다가서자, 누군가 책 읽는 소리가 들렸다.

소리의 주인공은 노인만큼 이 세상에 오래 산 듯한 노인이었다. 그는 곱게 한복을 입고 앉아 상 위에 놓인 책을 읽고 있었다.

상 한 쪽으로는 몇 권의 책이 쌓여 있었고 사기 주전자와 찻잔이 놓여 있었다.

"흠흠."

노인의 헛기침 소리에 글을 읽던 노인은 책 읽는 것을 멈췄다.

"누구신지요?"

공손하고 겸손한 음성이었다.

"길 가던 나그네이오만 잠시 들어가 쉬어도 되겠소?"

글을 읽던 노인은 기꺼이 그러라고 했다.

노인은 글 읽던 노인의 맞은편에 자리를 잡고 앉았다.

"책 읽는 소리가 들리던데…."

정자 주인이 보고 있던 책이 노인의 눈에 들어왔다. 책 내용이 궁금해 읽어 보려 했지만, 글씨가 잘 보이지 않았다. 눈을 가늘게 떠보기도 하고 크게 떠보기도 했지만, 도저히 읽을 수가 없었다.

"아니, 도대체 연세가 어떻게 되시오? 이 책을 맨눈으로 읽고 계셨던 것이오?"

노인이 물었다.

"올해 104살 되었지요. 이 나이 되도록 안경 없이 책을 읽고 있습니다. 참 감사한 일이지요."

"대단하십니다!"

노인은 감탄했다. 그리고 악수를 청하며 말했다.

"저보다 형님이십니다. 전 올해 100살 되었거든요."

노인은 정자 주인이 아주 반가웠다.

이제 노인이 '형'이라고 부를 수 있는 사람은 이 세상에 거의 남아있지 않았기 때문이다.

"형~님, 도대체 비결이 뭡니까?"

노인은 오랜만에 애교 있는 동생으로 돌아가 있었다.

"허허허, 아우님. 비결을 가르쳐 드리지요. 이곳은 저희 조상 때부터 내려오던 산과 정자입니다. 조상님들은 저 노란 꽃을 매우 사랑하셨지요. 그래서 이렇게나 많이 심게 된 것입니다. 비가 올 때면 내리는 비가 꽃들을 흠뻑 적셔 그 음액이 아래 샘으로 흘러듭니다. 또, 바람에 꽃들이 떨어져 물 위를 동동 떠다니지요. 조상님들은 이곳에 앉아 글을 읽으며 저 샘물을 마시곤 하셨는데 다들 눈이 밝으셨어요. 바로 저 샘이 저의 비결입니다."

"그렇군요. 형님! 저도 한 모금 마실 수 있겠습니까?"

"그럼요. 기꺼이 내드려야지요."

형님뻘 노인은 책상 한편에 놓여 있던 사기 주전자와 찻잔을 가져와 물을 따랐다. 물은 청아한 황금빛을 띠고 있었다.

노인은 형님 노인이 따라준 물을 한 모금 베어 물었다. 꽃향기가 노인의 온몸을 휘감았다.

"음~~"

"어떤가요? 아우님. 맛이 괜찮습니까?"

"예! 형님. 물맛이 일품입니다!"

"허허, 다행입니다. 저 꽃은 여러 면으로 활용해 먹을 수 있어요. 예를 들면, 전으로 해 먹을 수도 있고, 밥에 넣어 먹을 수도 있지요. 또, 술을 담그기도 하고 차로 끓여 먹거나 화채를 만들어 먹을 수도 있습니다."

"오! 형님, 다 구미가 당기는데요. 전, 전을 만들어 먹어 보고 싶은데 어떻게 만들어야 합니까?"

"저는 옛 책에 나오는 요리법으로 전을 만들어요. 우선, 늦가을에 꽃을 따서 꼭지와 꽃술을 떼어버립니다. 그다음 꽃에 물을 뿌려 촉촉하게 만든 후 찹쌀가루를 입혀 기름을 두른 프라이팬에 지져내지요. 그걸 꿀과 함께 찍어 먹으면 향이 아주 좋습니다."

"오~~ 생각만 해도 그 향기가 느껴지는 듯합니다! 오늘 형님께 좋은 것을 배웠으니, 앞으로 아주 많이 해 먹어야겠어요."

"허허허, 좋은 생각입니다. 그런데 아우님, 평소에 몸이 찬 편인가요?"

"글쎄요, 그다지 찬 것 같지는 않습니다만…."

"저 꽃은 약간 찬 성질을 지니고 있지요. 그래서 몸이 찬 사람은 유의해서 먹어야 한답니다."

"예!"

"옛 선비들은 저 꽃을 참 아꼈습니다. 꽃이 아름답기도 하지만 표면의 아름다움보다는 꽃이 가지고 있는 의미에 주목했어요. 서리가 내리고 나면 다른 꽃들은 다 지지 않습니까? 하지만 저 꽃은 다르지요. 늦가을에 피어나 매서운 추위를 견디어 냅니다. 그 기상에서 선비들은 '선비의 지조와 절개'를 보았습니다. 또, 다른 꽃들이 자태를 뽐내고 그들의 시절을 즐길 때 이 꽃은 인내하고 인내하지요. 그러다 다른 꽃들의 영화로움이 떨어져 버렸을 때쯤 비로소 황금빛 꽃을 피워냅니다. 선비들은 이 꽃의 대기만성을 보며 세상 이치를 다시 한번 곱씹어봤답니다. 우리 선비들은 '외모'고 하는 '내면'을 봤어요 주변의 모든 것에서 의미를 찾고 인생을 발견했지요."

형님 이야기를 듣고 있는 노인의 마음은 참 편안했다.

여유로운 풍경에, 향기로운 차, 그리고 아름다운 이야기까지.

노인은 이 시간이 즐거워 형님 노인에게서 한 시도 눈을 떼지 않고 열심히 이야기를 듣고 있었다.

그러던 어느 순간이었다. 형님 노인의 얼굴이 점점 처음과 달라져 보이는 게 아닌가.

처음 형님 노인을 봤을 땐 모공 구멍 하나 안 보여 2살 아기 피부 같았다. 그런데 지금은 아니었다. 군데군데 드러난 모공 구멍이 보였다. 주름도 마찬가지로 약간씩 보였다.

물론, 여전히 나이에 비해 젊은 형님이었지만 여하간 처음 본 형님의 얼굴은 아니었다.

노인은 휙 정자 밖을 둘러봤다. 바깥 풍경이 안개가 걷힌 듯 깨끗하고 명확하게 보였다.

노란 꽃밭에서는 벌들이 평화롭게 꿀을 따고 있었는데, 여기까지는 아까와 다름없었다. 이제 노인에겐 꿀을 찾아 두리번거리는, 벌의 초롱초롱한 눈망울까지 보였다. 그 옆에서 나비는 우아한 날갯짓을 하며 하하 호호 웃고 있었는데, 노인의 눈과 마주치자, 윙크했다.

"헉!"

처음 나비와 눈이 마주친 노인은 깜짝 놀라 그만 시선을 먼 산으로 돌리고 말았다. 자그마치 10킬로미터는 떨어져 있어 보이는 먼 산이었다.

노인의 눈에 산 정상에서 부지런히 움직이고 있는 두 마리의 새가 보였다. 두 마리 모두 입에 먹이를 물고 있었는데 하나는 나무 열매였고 다른 하나는 지렁이였다. 지렁이는 노인과 눈이 마주치자, 도움의 눈빛을 간절히 보냈다. 노인이 마음이 아파 고개를 돌렸다가 다시 그쪽을 바라봤을 때 지렁이는 이미 이 세상에 없는 존재였다. 대신 귀여운 새끼 새들이 먹이에 만족해 짹짹, 찌르륵, 찌르륵 노래하고 있었다.

'세상에 이럴 수가! 이게 꿈이냐. 생시냐.'

노인은 다시 정자로 눈을 돌렸다. 노인의 눈에는 아까 미처 읽지 못했던 책이 눈에 들어왔다.

'이건 껌이겠구먼!'

노인은 자신 있게 책을 들여다봤다. 아니나 다를까. 까만 글자들이 명명백백 보였다.

노인은 책에 적혀있는 시를 읊었다.

"국화 심어 먹는 게 양생에 도움 되어
빗속에도 부지런히 심어서 가꾼다네
늦가을에 다시금 눈부신 꽃 피어나
산림으로 홀로 간 현자를 비겨 보네."

"아우님 목소리로 이 시를 들으니 더욱 좋네요. 성호 이익 조상님께서 쓰신 시이지요. 이곳에서 저는 옛 선비들이 쓰셨던 책들을 읽어 보며 그들과 조우하곤 한답니다.

박지원 조상님은 그의 저서 '열하일기'에서 '하늘의 달을 보며 지구가 둥근지 아닌지' 토론하고 계셨지요. 백여 년 전에 살아계셨던 분이 지금 제가 보고 있는 달을 똑같이 보고 계셨던 거예요. 그 생각을 하면 가슴 한편이 뭉클해져 옵니다. 세종대왕도 정조대왕도 모두가 같은 달을 보면서 사신 거예요. 산천은 유구한데 인걸은 다들 어디로 간 걸까요.

지금 우리는 지구가 둥글다는 사실을 당연히 받아들이고 있지만 박지원 조상님이 사셨던 시대엔 그렇지 않았어요. 논쟁거리였지요. 그렇다면 현재 우리가 논쟁하고 있는 그 무언가도 미래엔 당연한 진실이 되어 있지 않을까요? 그게 무엇일까요?"

"흑흑흑 흑흑…."

노인이 갑자기 흐느꼈다.

"아우님! 왜 그러십니까?"

당황한 형님 노인이 물었다.

"형님, 제 눈이! 제 눈이!"

"예, 아우님. 말씀해 보세요."

"제 눈이 너무 좋아졌어요. 흑흑. 벌이 이리저리 굴리는 눈망울도 보이고 나비와 눈이 마주쳐 윙크하는 것도 봤어요! 그뿐만이 아니에요! 저 산! 저 산!"

노인은 아까의 그 산을 몇 번이고 반복해 가리켰다.

"저 산에 새의 먹이로 잡혔던 지렁이와도 눈이 마주쳤다니까요! 귀여운 아기 새는 말할 것도 없고요. 흑흑…. 너무 기뻐서 그만…. 하염없이 눈물이 흐르네요. 형님. 흑흑….."

"아우님! 무슨 말씀을 하시는지…."

"형님이 주신 저 꽃물을 먹었더니 이렇게 눈이 좋아진 거예요! 다 보입니다. 다 보여요!"

"물 몇 잔에 눈이 그렇게 좋아졌다는 말씀입니까?"

"예! 형님! 그렇다니까요!!"

"어허, 물론 저 꽃의 효능을 부인할 수는 없지만… 이렇게 단숨에 효과가 나다니!"

"저는 단숨에 효과가 나서 그저 감사할 따름이에요. 흑흑. 형님! 오늘을 기념해서 시 한 수 읊고 싶은데 괜찮으실까요?"

"아우님! 물론이고 말고요. 시는 언제나 환영이랍니다."

노인은 목청을 가다듬었다.

"그럼 시작하겠습니다. 형님!

푸르고 푸르러라 저 하늘

바람이 불고 불어 어디론가 사라지네

이렇게 환한 낮인데 하늘의 별이 보일까?

바람이 어디에서 와서 어디로 가는지 보일까?

보인다! 보여! 보이네! 보여!

아! 기쁘도다. 이내 마음.

그 무엇으로도 온전히 표현할 수 없으리!

사랑합니다. 형님!"

"허허허 허허허!"

노인은 형님 노인에게서 노란색 꽃을 한 아름 선물 받았다.

"받아 가십시오. 아우님."

"괜찮습니다. 형님. 들에 수두룩하게 피는데요. 뭘. 꺾어다 쓰면 돼요."

"아닙니다. 아우님. 그 꽃들은 먹으면 안 되는 거랍니다. 이 꽃이랑 워낙 비슷하게 생겨 처음엔 구별이 잘 안되지요. 하지만 이 꽃은 먹으면 단맛이 돌지만, 그 꽃은 쓴맛이 납니다. 이 꽃은 매우 좋은 약초이지만 그 꽃은 오히려 사람의 기운을 빼앗을 수 있어요."

"아! 그렇군요!"

"그러니 이걸 가져가십시오."

노인은 집에 와서 제일 먼저 꽃베개를 만들었다. 빨간색 삼베로 베개 모양을 만들고 그 안에 꽃을 잔뜩 집어넣으면 되는 거였다.

그다음은 꽃이불이었다. 이불 솜 곳곳에 꽃을 뿌리면 완성이었다.

노인은 꽃이불과 꽃베개로 잘 준비를 마친 다음 꽃을 유리병에 꽂아 침대맡에 놓았다. 그리고 낮에 형님께서 이야기해 주셨던 정약용 선생님을 떠올리며 초를 가져왔다.

노인은 촛불로 꽃의 그림자를 감상하셨던 정약용 선생님을 생각하며 경건히 초에 불을 붙였다.

방 안에 꽃향기가 그윽이 들어찼고 촛불이 아늑함을 밝혔다. 정약용 선생님이 감탄에 마지않았던 꽃 그림자는 벽을 예쁘게 수놓았다.

… 편안한 밤이었다….

걱정 근심 아주머니

오늘은 65세 아주머니가 찾아왔다. 젊었을 때 꽤 미인 소리를 들었을 법한 그녀는, 세월의 흐름을 얼굴에 고스란히 간직하고 있었다. 곳곳에 팬 주름들, 거친 피부와 머리카락, 염색한 지 시간이 지났는지 군데군데 보이는 흰 머리카락들.

지금의 저 거무죽죽한 피부도 젊은 시절에는 복숭앗빛 생기 넘치는 얼굴이었으리라. 그리고 두 눈은 맑게 빛났을 것이다.

그녀에게는 근심거리가 많았다. 오늘 그녀는 자신의 걱정거리를 노인에게 털어놓을 요량으로 이곳을 방문한 것이다.

"목사님, 제 나이가 예순다섯 살이에요. 전 이 나이만 되면 아이들을 다 키워놓고 여행이나 다니면서 한가하게 살고 있을 줄 알았어요. 그런데 인생이라는 게 그렇게 녹록지 않네요. 아이들은 서른이 넘도록 제대로 된 직장도 못 잡고 있고 남편은 공사장에서 일하다 다치는 바람에 집에 누워있어요. 지금까지 안 해본 일이 없어요. 가정부, 식당 설거지, 청소⋯. 그래도 빚은 여전하고⋯ 앞이 안 보이네요⋯. 언제 이 빚을 다 갚을지, 애들은 언제 제대로 된 직장을 잡을지, 결혼은 언제 할지, 남편은 언제 일할 수 있을지, 걱정이에요⋯."

"그랬구먼⋯. 아주머니! 혹시, 잠언 17절 22절에 무슨 말씀이 쓰여 있는지 아오?"

"아니요⋯. 부끄럽게도 일요일에 예배만 드렸지. 이 나이까지 성경을 제대로 못 읽어봤네요. 무슨 말씀이 있나요?"

"〈마음의 즐거움은 양약이라도 심령의 근심은 뼈를 마르게 하느니라〉라고 쓰여 있다네."

"예⋯."

"생각해 보시게나. 우리가 근심, 걱정하면 우리의 몸 상태가 어떻게 될 지 말일세. 이완될 것 같은가? 수축할 것 같은가?"

"아무래도 수축할 것 같아요."

"그렇지! 자네 말대로 수축한다네. 그렇게 되면 혈액순환이 제대로 될 리가 없겠지. 순환이 안 되면 피가 제대로 공급될 수가 없고. 피 공급이 제대로 안 되면 뼈에 영양분이 제대로 전달되지 못해 뼈가 튼튼할 수가 없다네. 그러니까 근심, 걱정을 하면 내 몸이 상하게 된다는 게야.

〈너희 중에 누가 염려함으로 그 키를 한 자라도 더할 수 있느냐〉 이 말처럼, 내가 살아보니 근심, 걱정한다고 해결되는 일은 하나도 없더구먼. 그러니 근심, 걱정은 우리의 건강만 해치지 유익이 될 게 하나도 없다는 결론이 나온다네. 이럴 때 이런 말이 쓰이지! 백해무익!"

"목사님 말씀이 맞아요. 정말 근심, 걱정은 백해무익한 건데 살다 보니 저도 모르게 휩쓸리더라고요…."

"그럴 땐 말일세. 최대한 마음속에서 걱정거리들을 몰아내 보게나."

"어떻게요?"

"나를 따라 말해보겠나?"

"예!"

"아들이 좋은 직장에 취직한다!"

"아들이 좋은 직장에 취직한다!"

"빚은 금방 다 갚는다!"

"빚은 금방 다 갚는다!"

"자식들이 결혼하고 잘 산다!"

"자식들이 결혼하고 잘 산다!"

"내 인생은 잘 된다!"

"내 인생은 잘 된다!"

"어땠는가?"

"괜히 기분이 좋아지네요! 듣기도 좋구요~"

"그걸세! 아까 처음 말들은 부정적이었지? 그러니 자네가 듣기 싫었던 게야. 하지만 나중 말들은 긍정적이라 자네가 듣기 좋았던 게야. 긍정적인 말을 하려면 먼저 머릿속에 긍정적인 생각을 떠올려야 한다네. 또, 긍정적인 말을 하면 제일 먼저 나에게 들리고, 듣는 나에게 긍정적인 생각을 불러오게 된다네. 그러니 긍정적으로 말을 하면 내 생각과 마음속에 긍정적인 힘을 불어넣을 수 있는 게야.

걱정, 근심같이 부정적인 생각이 들어올 때는 말로써 그것들을 몰아내게나! 예를 들어, 자네한테 '내가 내일 잘할 수 있을까?' 하는 걱정이 들어오는 게야. 그러면 그럴 때 알아차리는 게지. '요 녀석 봐라. 부정적인 생각이 들어왔군! 내가 너에게 질 것 같으냐' 그리고 이렇게 말하는 게야. '내일 잘할 수 있다!' '내일 잘할 수 있다!' '내일 잘할 수 있다!' 〈모든 지킬만한 것 중에 더욱 네 마음을 지키라. 생명의 근원이 이에서 남이니라〉 그럼 어느새 그 녀석은 도망치고 없을걸세."

이주머니는 열심히 노인의 말을 듣고 있었다.

"이렇게 내 생각을 긍정적으로 채우다 보면 아까 자네 말처럼 기분이 좋아진다네. 그게 행복이지 뭐 다른 게 행복인가?

행복이란 다 생각에 달린 게야. 부자든 가난하든, 많이 배웠든 적게 배웠든, 지위가 있든 없든, 생각 속에 긍정이 가득한 사람이 행복한 거라네. 자네는 오늘도 행복한 사람이야! 자네 일은 다 잘 풀릴 거거든! 〈네 입의 말로 네가 얽혔으며 네 입의 말로 인하여 잡혔느니라〉

자고로 말이 씨가 되는 법일세!"

"예! 목사님! 명심할게요."

"〈무릇 더러운 말은 너희 입 밖에도 내지 말고 오직 덕을 세우는 데 소용되는 대로 선한 말을 하여 듣는 자들에게 은혜를 끼치게 하라〉

그래, 그래야지. 사람은 다 자기 인생이 중요하네. 생각해 보게. 자네 남편이나 자네 자식이 제 인생 걱정을 안 하겠나? 자네보다도 훨씬 걱정하겠지. 본인의 일이니까 말일세. 그러니 자네는 그들의 인생을 근심, 걱정할 시간에 남편과 자녀를 믿어주고 응원해 주게나. 힘을 주는 말을 해주는 게야. 말로써 은혜를 끼치라는 말이 이 말이지. 자네가 그들을 격려하고 칭찬하면 힘이 나는 게야. 더 열심히 할 힘 말이지. 그게 그들의 인생을 바꿔놓을 걸세. 자네의 인생은 물론이고."

"네, 목사님."

"그나저나 자네의 어릴 적 꿈은 뭐였나?"

"꿈이요? 글쎄요…."

아주머니는 기억을 더듬고 있었다.

"아… 생각나네요. 전 군인이 되고 싶었어요."

"군인?"

"예, 어렸을 때 얘기예요."

말해놓고선 자신의 어릴 적 모습에 피식 웃고 말았다.

"그런 시절이 있었네요. 왜 저희 어렸을 땐 남자아이, 여자아이 차별이 심했잖아요. 그땐 뭐든 오빠가 최우선이고 오빠가 최고였거든요. 심지어 제 남동생도 저보다 훨씬 대접받았어요. 그래서 전 남자가 되고 싶었죠. 남자의 상징은 군인 아니겠어요? 호호호. 씩씩한 군인이 되고 싶었죠."

"허허허, 그랬구먼. 이해하네. 그땐 세월이 그랬어. 세월이 참 변했지? 요즘은 딸자식 가진 부모가 최고라는 말이 나오니 말이야."

"예, 십 년이면 강산도 변한다는 말을 실감하네요."

"그나저나 다른 꿈은 없었나?"

"꿈이라기보다는…. 학교에 가고 싶었어요. 그 시절, 제 나이 또래는 저 같은 친구들이 많았을 거예요. 집안 형편 때문에 학교를 못 간 친구들이요. 그때 제가 학교만 다닐 수 있었어도 지금의 세 인생은 많이 달라져 있을 거예요."

"그럼, 지금이라도 학교에 가보는 건 어떤가?"

"지금이요? 아유, 뭐 저야 늘 학교에 대한 미련은 있었지만

…. 못 배운 설움이 크거든요. 안 당해 본 사람은 몰라요. 그렇지만 제 형편에 제 나이에 무슨 학교는요. 지금 간다고 뭐 밥이 나오길 해요. 돈이 나오길 해요."

"자네같이 형편 때문에 때를 놓친 사람들을 위한 학교가 있다네. 이제 고등학교까지 의무교육이라 돈은 하나도 들지 않아. 지금이라도 자네를 위한 시간을 내보는 게 어떻겠나?"

"예…."

"기회는 찾아보면 얼마든지 우리 주위에 있지. 하지만 사람들은 생각보다 자신의 울타리, 자신이 쌓아온 보이지 않는 울타리 속에 매여 산다네. 왜 그런 줄 아나?"

"왜 그런가요?"

"자신의 생각 때문이야. 과거의 내 생각이 지금의 나를 만들었고, 지금의 생각이 미래의 나를 만들지. 자네도 마찬가지라네. 지금처럼 '안된다, 할 수 없다. 뭘 할 수 있겠나.'라고, 자꾸 생각하면 정말 안 되는 거야. '일단 해보자, 하면 된다, 할 수 있다.'라고 생각하면 안 되는 것도 되게 되어 있다네.

평생 학교에 대한 미련이 있지 않았나. 지금이라도 자네가 해보고 싶었던 것들을 조금씩 해나가 보는 거야. 그러다 보면 보이지 않던 기회가 보이고, 미처 자네가 기회를 보지 못한다면 그 기회들이 자네를 찾아올걸세."

"예. 저도 기회가 된다면 학교에 가고 싶기는 해요. 못 배운 공부를 꼭 하고 싶거든요."

"그래! 그래! 해보는 걸세! 이왕이면 대학교까지 목표로 잡게. 꿈은 크게 가지면 좋지. 대학교를 나와서 뭔가를 할 목표로 말이야!"

"예, 제가 할 수 있을까요?"

"예전에 미국의 할머니가 99살 나이로 대학교에 진학했던 기사가 신문에 났었지. 늙어서 꿈을 포기하지 않고 도전하는 할머니의 모습이 많은 이들에게 감동을 줬다네. 나이 들면 할 수 있는 게 없다는 건 세상의 편견일 뿐이야. 그래서 다들 도전을 하지 않고 계속 꿈을 향해 나아가지 않기 때문에 더욱 나이 든 사람들의 결과물이 적어지는 거라네. 하지만 역사적으로 보면 많은 미술가, 작가들이 노년에 위대한 작품을 냈다네. 그러니 지금이라도 도전해 보는 거야. 우리도 할 수 있다는 걸 세상에 보여줘야지. 구하라! 그러면 주실 것이요! 두드리라! 그러면 열릴 것이니! 자네 인생은 지금부터일세."

"예! 목사님. 그럼 저는 옷을 디자인해 보고 싶어요. 일단, 목사님 옷부터 제가 만들어서 바꿔 드리고 싶네요. 목사님은 뭐랄까…. 저한테 감이 오는 디자인이 있어요. 호호호. 옷 입기 나름이거든요. 지금도 젊어 보이시지만, 제가 생각한 대로 입으시면 한 십 년은 족히 젊어지실 거예요~"

"그거 좋지! 기대하겠네!"

회화나무

오늘은 걸어도 걸어도 불로초 같아 보이는 것은 눈에 띄지 않았다. 노인은 허탈해서 집으로 돌아오던 길이었다.

"으악!"

기운이 빠져도 너무 빠진 나머지 노인은 그만 발을 헛딛고 말았다.

발목은 금세 퉁퉁 부어올랐다. 통증도 심했다. 도저히 걸을 수가 없을 정도였다.

노인의 눈에 저 앞에 있는 커다란 나무 한 그루가 들어왔다.

'옳지, 저 아래에서 좀 쉬었다 가야겠다.'

노인은 간신히 힘을 내어 다리를 절뚝거리며 나무로 향

했다.

나무 밑에 도착하자마자 노인은 땅바닥에 털썩 주저앉았다.

"휴~"

노인을 위로하듯 바람이 살랑 일었다.

'시원하구먼.'

쉴 곳을 잘 구했다는 생각에 노인은 만족스러웠다.

노인은 드러누워 나뭇잎 사이로 들어오는 햇빛을 바라봤다. 눈부시게 환한 빛이었다.

바람 때문에 나뭇잎은 살랑살랑 움직이며 기분 좋은 소리를 냈고 그러다 햇빛과 부딪히면 찬란하게 빛나곤 했다.

노인의 몸은 아주 편안해졌다. 덕분에 잠이 솔솔 몰려왔다.

어느새 노인은 단잠을 쿨쿨 자고 있었다.

"아야! 아아 아악!"

꿀잠을 자던 노인은 발 쪽에 갑작스러운 통증을 느껴 깨고 말았다.

"아이고, 이게 무슨 일이야!"

노인이 일어나려 하자 누군가 말했다.

"가만 계시오!"

'누군가'는 팔뚝만 한 길이의 꼬챙이 같은 것을 노인의 발에 박고 있었다.

"아니! 당신 누구야! 대체 뭐 하는 짓인가!!"

"어허! 가만있으시라니까. 그렇게 움직이다 진짜 큰일 나는 수가 있소. 죽고 싶지 않거든 가만 계시오."

노인은 움직이면 죽는다는 말에 재빨리 얼음이 됐다.

"으… 음…."

약간의 통증이 느껴졌지만, 노인은 겁이 나서 조금도 움직이지 않았다.

"아직 다 안됐는가?"

노인은 최대한 움직이지 않으려고 입만 쫑긋 움직여 물었다.

"이제 됐습니다! 발을 보아하니 삔 것 같은데 조금만 있으면 괜찮아질 겁니다."

남자는 침을 놨다고 설명했다. 침 맞는 동안은 말도 하지 말고 누워있으라는 말과 함께.

노인은 입을 가만 닫고 온순히 누워있었다.

잠시 뒤 남자는 노인에게 박았던 침을 빼줬다.

"침 맞으신 뒤에는 천천히 움직이는 게 좋습니다."

노인은 서서히 일어나 앉아 발목을 살펴봤다. 놀랍게도 붓기가 빠져 있었고 통증도 느껴지지 않았다.

"이야! 이게 대체 어찌 된 일이오! 말끔히 나았구먼."

노인이 발목을 만지며 물었다.

"침이란 원래 그런 겁니다. 제대로 놓기만 하면 즉시 효과가 나타나지요."

남자는 침을 침통에 넣으며 대답했다.

"능력자시구먼! 고맙네그려."

"별말씀을요, 해야 할 일을 했을 뿐입니다."

말은 이렇게 했지만, 노인의 감사 인사에 남자의 기분은 매우 좋아 보였다.

"아무래도 이런 건 자네 같은 사람한테 물어봐야 잘 알 것 같은데…."

"말씀하십시오."

노인이 뜸을 들이자, 남자가 말했다.

"실은, 불로초를 찾아다니는 중이라네. 혹시, 아는 바가 있는가?"

"불로초요…. 저도 옛 전설만 들었을 뿐, 정확히 아는 건 없습니다. 다만, 후세의 학자들이 진시황이 찾았다던 불로초를 여러 가시로 추측해 왔었죠."

"그렇구먼…."

"이게 불로초인지는 모르겠지만, 저희 집에 옛 책의 장수 비방에 따라 만들어 놓은 게 있어요."

"그런가? 그게 뭔가?"

노인은 남자의 곁에 바짝 붙어 물었다.

"지금 집에 가는 길이었는데, 같이 가보시겠습니까? 직접 보시고 드셔도 보세요. 그편이 훨씬 나을 겁니다."

"나야 좋지~~. 어딘가? 자네 집이! 어서 가보세!"

노인은 서둘러 일어났다.

"저쪽 마을 보이시죠? 거기에 제 집이 있습니다."

남자도 짐을 챙겨 일어나면서 말했다.

마을은 노인과 남자가 있던 나무와 멀지 않은 곳에 있었다.

남자의 집으로 가는 길에 노인은 남자에게 물었다.

"의술이 보통 비범한 것 같지 않던데, 내 상태 좀 봐줄 수 있겠나?"

남자는 찬찬히 노인을 살펴봤다.

"폐가 약하시겠네요."

"오! 맞네! 맞아! 그래서 기침감기에 잘 걸린다네. 그냥 얼굴만 척! 봐도 아는구먼!"

"얼굴에 쓰여있으니까요."

"내 얼굴에 '기침감기가 잘 걸리는 노인네'라고 쓰여 있다는 건가?"

"예…. 폐의 소리는 통곡하는 것이라고 했습니다. 폐는 슬픈 마음과 관련 있어요. 슬픈 마음을 가지면 폐의 건강을 해치기 때문입니다. 그런데 어르신을 뵈니 꽤 슬픈 마음을 품고 계신 것 같아요."

순간 노인의 얼굴에 당황한 기색이 스쳐 갔다.

"슬픈 마음은 무슨~"

"게다가 어르신의 얼굴색은 꽤 창백하십니다. 이런 분들이 대개 폐가 약하거든요."

"그래 그래! 그건 말 되는구먼! 내 얼굴이 하얀 게 곱긴 하지."

"폐에는 흰색과 매운맛 나는 식품이 좋으니 드셔보세요."

"그렇구먼! 그런데 흰색이나 매운맛인 식품이 뭐가 있나?"

"예를 들면…. 닭고기는 색이 하얗지요? 그래서 흰색 나는 식품이에요. 또, 생강은 매운맛이 나지요. 그래서 매운 식품에 속한답니다."

"그러면 인삼이나 도라지도 하얀색을 띠고 있으니 흰 식품이라고 할 수 있을까?"

"예! 그렇지요."

"자네 얼굴은 누리끼리한데 그럼 자네의 건강은 어떤 건가?

"비장이 좋지 않은 사람이 저처럼 누린 얼굴빛을 띱니다. 생각이 많은 사람은 비장을 상할 수 있으므로 평소 잡생각을 물리치는 게 건강에 이롭지요."

"맞네! 맞아! 내 친구 녀석이 어찌나 생각 없이 살았는지 아나? 그래서 그런지 뭐든 잘 먹고 소화를 잘 시켰지. 한 번은 쇠도 씹어먹은 적이 있어! 그다음 날 시원하게 변만 잘 보더구면."

"예, 재미있는 친구분이셨나 봐요. 쇠를 드시고 변도 잘 보
시고요."

"근데 이가 부러졌다네!"

"예? 아니, 왜요?"

"이 양반아! 이가 어떻게 쇠를 견디겠나? 와장창 깨졌어. 와
장창."

"예…. 안타깝네요…."

"계속 이어 말해보게."

"비장의 소리는 노래 부르는 것입니다. 그래서 노랫소리는
소화가 잘되도록 돕지요. 또, 비장에는 노란색, 단맛 식품이
좋습니다. 예를 들어 소고기, 귤, 꿀 같은 것들이요."

"음음. 그렇구먼!"

"간의 소리는 외치는 것입니다. 간은 노여운 감정과 관련
있지요. 화를 많이 내면 간에 해롭습니다. 반대로 간이 상하면
쉽게 화가 나기도 하지요."

"오호, 그렇구먼. 요즘 사람들은 간 조심을 많이 해야겠어!"

"일리 있는 말씀입니다!"

"간이 안 좋은 사람은 어떤 얼굴색인가?"

"간이 안 좋은 사람들은 시퍼러둥둥한 낯빛을 띠고 있어요.
이런 사람들에게는 간이 푸른색과 관련 있어서 푸른색 식품

이 이롭습니다. 신맛 나는 식품도 좋구요. 개고기나 푸른 야채류, 매실 같은 것들이요."

"그이가 그렇게 화를 잘 내더니. 간이 안 좋았던 게야. 내가 진즉 이 이야기를 들었으면 나물 좀 많이 캐어다 줬을 텐데 …."

노인은 혼자 중얼거렸다.

"예?"

"아, 아닐세! 다음 차례는 뭔가?"

"심장에 대해 말씀드릴게요. 심장의 소리는 웃는 것입니다. 그래서 마음이 기쁘면 심장에 좋은 영향을 주지요. 그렇지만 지나치게 기쁜 감정을 품으면 오히려 심장을 상하게 하니 조심해야 합니다. 또, 심장이 안 좋은 사람은 붉은 안색을 띠지요."

노인이 무릎을 '탁' 쳤다.

"이것 참…. 그래서 그 영감이 심장마비로 세상을 떴구먼!"

"예?"

"야구를 좋아하던 영감이었는데 야구장을 열심히 드나들었었지. 그날은 그 영감이 응원하던 팀이 3년 만에 이긴 게야. 팬들은 열광의 도가니었지. 그런데 그 좋은 날 영감은 야구장에서 심장마비로 그만…. 세상을 뜨고 말았다네. 얼마나 기뻤으면 그랬겠나."

"예…. 그런 안타까운 일이 있으셨군요."

"그렇다네…. 그래서 심장엔 어떤 식품이 좋은가?"

"붉은색과 쓴맛 나는 식품이 좋습니다. 양고기, 토마토 같은 식품을 들 수 있겠지요."

"그렇구먼!"

"마지막으로 신장에 대해 말씀드릴게요. 신장의 소리는 신음입니다. 무서운 감정, 두려운 감정은 신장을 안 좋게 만들지요. 신장이 안 좋은 사람들은 검은 낯빛을 띱니다."

"쯧쯧. 그 노인네! 무서운 영화를 그리 좋아하더니 그래서 그렇게 일찍 간 거구먼!"

"그럴 수도 있겠네요…. 신장에는 검정콩, 검은깨같이 검은색 식품과 짠맛 식품이 이롭습니다."

이야기가 오고 가는 가운데 둘은 남자의 집에 도착했다. 남자는 황토를 이용해 손수 만든 집에 살고 있었다.

집 안으로 들어서니 곳곳에 한약재 냄새가 가득했다.

"잠시만 기다려 주십시오."

남자는 마당 한 편에서 항아리 한 개를 가져왔다. 그 안에는 말린 듯한 열매가 가득 들어 있었다.

"아까 누워계셨던 나무 열매로 만든 거예요. 옛 서적에 이걸 한 달 먹으면 몸이 거뜬해지고 백 일 동안 먹으면 달리는 말도 따라잡을 수 있게 된다고 하더군요."

"아! 그런가? 혹시 좀 먹어볼 수 있겠는가?"

"그럼요. 드셔보시라고 가져온 겁니다."

남자는 열매를 꺼내 노인에게 건넸다. 노인은 열매를 성심 성의껏 씹어 삼켰다.

"오! 오묘한 맛이로군."

삼킨 열매가 위에 도착해 소화, 흡수되기 시작한 순간, 노인은 노인의 몸 깊은 곳 어디에선가부터 기운이 뻗쳐 올라오는 것을 느꼈다. 마치 방전된 배터리가 다시 충전되는 듯한 느낌이었다.

"기운이 막 솟는구려!"

아까 사내의 말이 노인의 머릿속을 스쳐 지나갔다.

'달리는 말도 따라잡을 수 있게 된다고 하더군요.'

"정말, 지금 마음 같아선 아까 자네에게 들은 대로 말도 따라잡을 수 있을 것 같네!"

"하하하, 어르신. 그렇게 힘이 나십니까?"

"그렇다네!"

노인은 집까지 한걸음에 갈 수 있을 것 같았다. 자신감이 넘쳐흘렀다.

"참! 아까 말씀 안 드린 게 있네요."

남자의 말은 어느새 집에 가 있는 노인의 마음을 불러세웠다.

"서 계시는 게 힘드실 텐데 이쪽으로 앉으세요."

"뭐 피곤하진 않네만. 무슨 말인지 들어볼까나?"

노인은 남자 옆에 나란히 앉았다.

남자는 다시 아까의 그 학구적인 눈빛으로 말을 이었다.

"신맛은 근을 상하게 하고 쓴맛은 뼈를 상하게 하며 단맛은 살에 좋지 않고 매운맛이 지나치면 정기를 해치고 짠맛이 지나치면 수명을 재촉합니다. 그러니 아무리 몸에 좋은 음식이라도 지나치게 한 맛만 많이 드시면 안 됩니다. 골고루 드시되 아까 말씀드린 각 부위에 좋은 음식을 더 곁들여 드시는 식으로 식사하시는 게 좋아요."

"이런 이런. 안 들었으면 큰일 날 뻔했구먼! 닭고기에 인삼 넣고 삼계탕을 끓여서 그것만 매일 먹고살려고 했었다네."

"예, 다행입니다. 제가 미처 아까 생각을 못 했어요. 이런 건 잊어버리면 안 되는 건데…. 의술에서 사소한 실수도 절대 용납되어서는 안 되거든요. 사람의 생명을 다루는 거니까요."

"맞는 말이네. 의료사고로 힘겹게 살아가는 사람이 얼마나 많은지 의사들은 잘 모른다네. 자네 같으면 그 의사한테 치료 받고 몸이 상했는데 그 의사를 다시 찾아가겠나?"

"아니지요."

"그런데 의사들은 자기를 찾아오는 환자들만 보니까 자기 실력이 100퍼센트까지는 아니더라도 조금은 괜찮다고 판단할 수 있거든. 자신에게 찾아왔다가 안 찾아오는 환자들은 실력 판단의 대상에서 제외되는 거지. 수치의 오류라고 할까. 맞나? 수치의 오류?"

"예? 예. 맞는 것 같습니다."

남자를 쳐다보던 노인의 시선은 벽에 걸려있는 액자에 꽂혔다.

"저게 뭔가?"

액자에는 붓글씨로 길게 뭔가가 적혀 있었다.

"예, 예전에 제가 공부했던 책의 저자가 쓴 글이에요. 읽고 감동하여서 평생 의술을 펼치며 귀감을 삼으려고 저렇게 걸어났습니다."

"오! 그렇구먼! 어디 한 번 자네 목소리로 읽어줄 수 있겠나? 그러면 내 마음에 훨씬 와닿을 것 같아 그러네."

"예, 그러지요. 어르신"

남자는 다소 쑥스러워하며 액자 속 글을 읽어 나갔다.

"부모를 섬기는 일이 당연한 의무라면, 백성을 사랑하는 일은 이루고픈 꿈이었네. 시샘하지 않고 탐욕도 부리지 않았으니, 고관대작들의 노여움을 피하기 위해서였네. 만족할 줄 알아 적당히 풍족하니, 자연의 이치를 즐길 수 있었네. 지금 내 비록 고단한 처지지만, 다른 사람은 나와 비교할 수 없다네. 문을 닫고 의서를 저술했으니, 만세에 조그마한 보탬이 되리라. 세상을 구제할 수만 있다면, 전 재산을 날린들 무엇을 아

117

끼리오! 사람을 살린 일에 보답이 있다면, 후세에는 반드시 번성할지어다. 나는 한 푼의 재산도 남기지 않으니, 자손들은 이 마음을 영원히 잊지 않기를!"

"짝짝짝 짝짝 짝짝짝 짝짝!!"

노인의 박수 소리는 그칠 줄을 몰랐다.

"훌륭하네. 내가 오늘 정말 좋은 의인을 만났구먼!"

"아유, 과찬입니다."

남자는 쑥스러워 어쩔 줄을 몰라 했다.

"지금 마음 그대로 평생을 잘 살아주게나. 처음 마음을 잊기가 얼마나 쉬운지…. 내가 세상을 살아보니 사람이란 게 참 나약할 땐 한없이 나약한 존재더구먼."

"예!"

남자는 노인의 손을 덥석 잡고 촉촉한 눈빛으로 대답했다.

노인도 촉촉해진 마음으로 끄덕끄덕했다.

어느새 집에 가야 할 시간이 되어 노인은 촉촉한 마음을 그대로 간직한 채 남자의 집을 나섰다.

"그만 가겠네. 다음에 다시 보세나."

"안녕히 가세요. 어르신."

노인은 남자의 모습이 보이지 않을 때까진 천천히 걸었다. 그러다 어느새 남자의 모습이 시야에서 사라지자, 노인은 속도를 내기 시작했다.

노인은 쏘아놓은 화살처럼 쏜살같이 달렸다.

노인이 지나간 자리에는 '휙' 바람이 불었다. 길가에 넣어놓은 나물들은 한바탕 뒤집히고 흙먼지가 일었다.

"방금 뭐가 지나가지 않았나?"

"그런 것 같은데…."

"사람이야? 동물이야?"

노인이 너무 날쌘 나머지 사람들은 누가 지나갔는지를 제대로 알아볼 수가 없었다.

사람들은 알 수 없는 광경에 고개를 절레절레 흔들었다.

얼마 지나지 않아 노인은 앞에서 달리고 있는 차 한 대를 보았다.

"어디, 달려볼까나!"

노인은 더 속도를 냈다. 그리고 금방 그 차를 따라잡았다.

"끼익!"

노인이 휙 지나가자, 운전자는 놀라서 차를 급히 세웠다.

"지금 뭐네요? 저게?"

부인이 물었다.

"할아버지 같았는데…. 내 눈이 이상해졌나?"

남편이 내답했나.

"아니에요! 저도 할아버지 한 명이 뛰어가는 걸 봤는데…."

부인이 다시 대답했다.

부부는 어리둥절해 한참을 그 자리에 서 있었다.

노인이 지나간 자리에는 이미 노인은 온데간데없고 뽀얀 흙먼지만 날리고 있었다.

한참을 달린 노인은 이제 더 이상 사람들을 놀라게 하면 안 되겠다는 생각이 들었다.

달리기를 멈추고 노인은 생각했다.

'대단한 나무 열매로군.'

얼마 뒤였다.

노인은 늦은 저녁에 소파 위에서 늘어지게 누워있었다.

그러다 심심하길래 리모컨으로 텔레비전을 튼 순간이었다.

거기엔 정체를 알 수 없는 존재가 마을을 휘젓고 다녔다는 내용이 방송되고 있었는데 바로 노인의 얘기였다.

목격자들은 하나같이 흰 털이 나고 뭔가 쭈글쭈글한 살덩이가 지나갔다고 대답했다.

성우가 말했다.

"도대체 그 이상한 물체는 무엇이었을까요?"

방송의 결론은 '미스터리'였다.

사업 실패 아저씨

한 중년 남자가 서 있었다. 그의 피부색처럼 어두운 표정을 하고선.

"무슨 일이 있는가?"

상담 자리에 앉아 노인은 물었다.

"목사님께 털어놓고 싶어서요. 저 혼자 지기엔 너무 감당할 수가 없습니다."

"차근차근 말씀해 보게. 그러고 나면 좀 나아질 걸세."

"네…. 사업에 실패했습니다. 회사 퇴직 자금을 다 날렸어요. 젊었을 땐 퇴직할 때만 바라보고 살았습니다. 회사 생활이 다 그런 거 아니겠습니까? 힘들어도 가족들을 생각하며 참았죠. 돈은 벌어야 하니까요. 퇴직하고 나면 그동안 하고 싶었던 취미생활이나 하며 여유롭게 보내려고 했었죠. 그래서 '퇴직만 하면… 퇴직만 하면…' 이 생각으로 버텼어요. 그런데 막상 퇴직할 때가 되니 현실은 다르더라고요. 요즘 평균 수명이 워낙 늘었지 않았습니까. 아직 살날은 많이 남았는데, 모아놓은 돈은 충분치 않고. 마냥 편안하게 취미생활이나 하며 살 처지가 아니더라고요. 그래서 퇴직금으로 가게를 차렸죠. 아무래도 돈을 벌려면 창업이 답이라고 생각했어요. 이 나이에 괜찮은 직장은 구할 수가 없거든요. 요즘 경제가 워낙 어려워야 말이지요. 가게가 잘 안되더라고요…. 다 날려버렸어요. 휴…"

중년 남자는 한숨을 크게 내쉬고 잠시 말을 멈췄다.

"목사님 그렇지 않습니까? 어렸을 땐 기댈 누군가가 많았죠. 헌데 이 나이가 되고 보니 저에게 기대는 사람들이 많지, 제가 기댈 처지는 아니에요. 전 언제나 든든한 어른이어야만 하죠. 젊었을 땐 실패해도 아직 시간이 있으니까, 난 젊으니까 하는 생각으로 버틸 수 있었어요. 그리고 이겨냈죠. 그런데 이 나이가 되고 상황이 안 좋게 되다 보니까 이제 도저히 일어설 힘이 나지를 않는 겁니다. 그렇다고 어디 하소연할 데도 없고요. 살면 살수록 어깨만 무거워지네요. 희망은 안 보이고, 제가 언제까지 버틸 수 있을지…. 그나마 무거운 마음을 덜어보고자 이렇게 오게 된 거예요. 제게 미래가 있을까요? 이제 더 이상 제 삶은 달라질 것 같지 않아요."

"이곳에 잘 오셨소! 자네는 현명한 사람이구먼! 혼자 끙끙
앓지 않고 이렇게 마음을 터놓을 곳을 찾아 이야기한다는 건
좋은 일일세. 그래야 짐도 좀 덜어지지.

일단 자네에게 지금까지 잘 살아왔다고 말해주고 싶구먼.
자네 말처럼 어디 인생이 그리 만만한가? 고비를 넘긴 것 같
으면 또 고비가 찾아오곤 하지. 그러면서 우리는 인생의 한
막, 한 막을 살아간다네. 자네도 몇 십 막 달려왔겠구먼. 그동
안 크고 작은 일들이 얼마나 많았겠나? 그걸 이겨내고 지금까
지 꿋꿋하게 살아온 것만 해도 칭찬받을 일이야. 그렇고 말고
~"

"예…. 감사합니다…."

"이 나이만큼 살아보니 세상에 별의별 일이 다 있더구먼.
어떤 늙은이는 44살에 종신형을 받고 투옥되었다가 결국 70
대에 풀려났어. 몇 년 뒤 그 나라의 대통령이 되더구먼. 세계
최초로 흑인 대통령이 되어 역사에 한 획을 남겼고 그동안의
공로를 인정받아 노벨평화상도 받았다네. 또, 어떤 노인네는
60세에 파산을 했어. 그전에도 여러 번 실패가 있었지만, 그
는 그때마다 다시 일어났었다네. 그런데 이번에는 아들도 죽
고, 아내까지 떠나가는 등, 노인은 버틸 수가 없었던지 정신병
원 신세까지 지게 됐어. 하지만 결국 그는 맛있는 치킨 양념을

개발해 전 세계 사람들의 입맛을 사로잡고 큰 부자가 되었다네. 인생이란 그런 걸세. 지금 상황만 눈에 보여서 깜깜한 어둠만 있는 것 같지만, 저 늙은이들처럼 최악의 상황 뒤에도 밝은 미래가 올 수 있는 게 인생이라네. 우리 인생이 어디로 흘러갈지, 어떻게 풀릴지는 아무도 모르는 게야. 자네, 밤이 온 다음에 뭐가 오는 줄 아는가?"

"아침이 오겠지요."

"그럼, 달이 기울면 다음엔 어떻게 되나?"

"다시 찹니다."

"겨울이 가면 뭐가 오지?"

"봄이 오지요."

"〈형통한 날에는 기뻐하고 곤고한 날에는 되돌아보아라. 이 두 가지를 하나님이 병행하게 하사 사람이 그의 장래 일을 능히 헤아려 알지 못하게 하셨느니라〉 인생엔 형통한 날과 곤고한 날 모두 번갈아 일어난다는 말이라네. 자네가 지금 힘겨운 시절이니 다음 차례는 좋은 시절일 것이야! 밤이 오면 아침이 오고 겨울이 오면 다시 봄이 오는 것처럼 말일세!"

"예, 목사님! 그럴 테지요?"

노인은 노래를 한 곡 틀었다.

"지금의 자네에게 들려주고 싶구먼."

반주가 시작됐고 둘은 노래에 귀를 기울였다.

〈나의 등 뒤에서 나를 도우시는 주. 나의 인생길에서 지치고 곤하여, 매일처럼 주저앉고 싶을 때 나를 밀어주시네. 일어나 걸어라. 내가 새 힘을 주리니. 일어나 너 걸어라. 내 너를 도우리〉

노인이 처음 아주머니네 교회에 갔던 날 들었던 바로 그 노래였다.

"정말 너무 지쳐서 일어날 힘이 없을 때, 그럴 때 말일세. 난 참 이 노래가 도움이 되더군. 정말 가사대로 다시 일어설 힘을 준다네. 그래서 종종 그런 날이면 이 노래를 듣고 따라 부르곤 한다네. 자네에게 소개해 주고 싶었어.

이곳에 와서 찬송가를 들어보니 용기를 주고, 힘을 주는 것들이 있더구먼. 마음도 편안해지고 말일세. 내 상황에 따라 그때그때, 마음에 와닿는 찬송이 있는 것 같아. 그걸 들으면 그렇게 유용하더라고. 그런데 같은 노래 가사라도 부른 사람에 따라 음색이나 리듬이 다 다르네. 자기 마음에 와닿는 버전으로 골라 듣는 게 더 좋아."

노인은 남자가 다시 용기를 냈으면 하는 바람에서 차근차근 자기 비법을 가르쳐주고 있었다.

"예! 목사님! 좋은 방법이네요. 저도 활용해 볼게요. 감사합니다."

노인은 노래를 흥얼거렸다. 리듬이 신나 어느새 노인은 어깨를 들썩들썩, 엉덩이를 실룩실룩하고 있었다.

그런 노인의 모습은 꽤 귀여웠다.

남자는 노인의 흥에 자신도 어느새 동화되어 버렸다.

둘은 군악대가 씩씩하게 연주하며 걸어 나가듯, 힘차게 노래 불렀다.

"자네에겐 이 노래가 어땠나?"

"좋았어요! 가사가 참 좋네요. 목사님. 말씀대로 힘이 납니다!"

〈두려워 말라. 내가 너와 함께 함이라. 놀라지 말라. 나는 네 하나님이 됨이라. 내가 너를 굳세게 하리라. 참으로 너를 도와주리라. 참으로 나의 의로운 손으로 너를 붙들리라〉

"그러니 다시 한번 힘을 내게! 자네에겐 하나님이 계시고 도와주시는데 뭔들 못 해내겠나? 정말일세! 내 들으니, 하나님의 도움으로 인생을 변화시킨 사람들이 꽤 많다고 하더라고. 버티고 버텼는데 정말 정말 이제는 더 못 버티겠다 싶을 때, 이제 더는 안 되겠다 싶을 때, 그때가 바로 고난이 끝나기 직전인 게야. 아이가 나오기 바로 직전에 산모의 고통이 가장 크지 않겠나. 같은 이치지."

남자의 얼굴은 편안해 보였다.

"목사님, 저는 정말 하나님이 좋아요. 항상 옳은 길을 저에게 가르쳐주시거든요. 처음 사회생활을 시작하면서 혼란을 많이 느꼈어요. 학교에서 배운 것과 사회는 달랐거든요. 어떻게 행동해야 하는지, 어떻게 살아야 하는지 혼란스러웠어요. 제가 옳지 못한 길을 가려고 할 때마다 하나님은 제게 옳은 가르침을 주셨죠. 그럴 때면 늘 반성하고 되돌아왔던 것 같아요. 오늘도 저에게 그런 날이예요."

남자는 씩 웃었다.

"문득, 오늘 이곳에 오는 길에 배웅해 주던 아들 녀석이 떠올랐어요. 사업 실패가 인생 실패는 아닌데, 다른 소중한 것들까지 잃어버릴 뻔했어요. 제가 힘들다고 가족을 힘들게 했거든요.

목사님 말씀처럼 전 해낼 수 있고 저에겐 좋은 미래가 기다리고 있는데 말입니다."

"그러게 말일세! 〈내게 능력 주시는 자 안에서 내가 모든 것을 할 수 있다〉고 했네.

자넨 무엇이든 다 해낼 수 있어! 그렇고말고! 하면 되는 거야! 실은, 이게 '하면 된다.' 내 꿈일세."

"예! 하면 된다! 하면 된다! 하면 된다!"

"이제, 다시 시작해 보겠나?"

"옙! 하면 되니까요."

남자는 어느새 용기로 충만해 있었다.

그는 상담소를 나가서도 한동안 "하면 된다!" 외치면서 걸어갔다.

노인은 그런 그를 보면서 의지할 곳이 있다는 건 좋은 일이라는 생각이 들었다.

그리고 자신에게 중얼거렸다.

"너도 할 수 있어. 하면 되는 거야!"

석창포

길을 따라가니 바다같이 넓은 강이 나왔다. 강은 두 개의 산맥 사이로 흐르고 있었는데 그 사이를 나룻배 한 척이 왔다 갔다가 하고 있었다. 나룻배는 네다섯 명이 타면 꽉 찰 정도의 크기였는데 성실하게 생긴 뱃사공이 노를 젓고 있었다.

노인은 나룻배를 타고 강기슭까지 올라가 보기도 했다.

"이보시오, 강기슭까지 올라갈 수 있겠소?"

"물론이지요."

노인이 배에 올라타자, 뱃사공은 노련히게 노를 저었다. 배는 물결을 가르고 유유히 앞으로 나아갔다.

강 양옆으로는 다양한 풍경들이 펼쳐졌다. 때로는 깎아지른 절벽이 나타나기도 하고 때로는 누군가 조각해 놓은 듯이 기이한 암석들이 나타나기도 했다.

"저 절벽에는 이곳을 천 년 동안 지켜온 소나무가 있습니다."

뱃사공은 솟구쳐 오르는 듯한 절벽을 가리켰다. 그 절벽 꼭대기에는 소나무 한 그루가 고고히 서 있었는데 천년을 살아온 소나무답게 기상과 위엄이 대단했다.

"저기 절벽에 새겨진 건 뭐요?"

노인은 그 아래 글자들을 보고 뱃사공에게 물었다.

"옛날 옛적에 누군가 책 구절을 새겨놓은 것이라고 하더군요. 의사가 힘을 다해서 치료해도 고쳐지지 않는 병을 치료하는 처방전이래요."

"오! 그런 것도 있는가? 대단한 약이겠구먼!"

"예, 그렇지요. 재료가 무려 서른 가지나 들어갑니다."

대화를 나누는 사이 글자가 새겨진 절벽은 뒤로 사라져 갔다.

워낙 많은 내용이 쓰여 있던 터라 노인은 자세히 볼 수가 없었다.

노인은 아쉬웠다.

"저기 쓰여 있던 처방전 내용이 뭐였소?"

"아까 말씀드린 서른 가지 재료와 그 재료를 가지고 약을 만드는 방법이 쓰여 있었어요."

"오오! 그렇소? 좀 알려주시구려."

"예, 우선 서른 가지 재료를 모두 햇볕에 말린 후 잘게 부숴 가루로 만듭니다. 그러고 나서 가루를 꿀과 함께 반죽해 환으로 만들지요. 만든 환을 품속에 가지고 다니면서 매일 매일, 수시로 복용하면 된다고 쓰여 있어요."

"그랬구려. 서른 가지 재료가 구체적으로 뭐요?"

"첫 번째 재료는 사무사(思無邪), 마음에 거짓을 없앨 것

두 번째 재료는 행호사(行好事), 좋은 일을 행할 것

세 번째 재료는 막기심(莫欺心), 마음에 속임이 없을 것

네 번째 재료는 행방편(行方便), 필요한 방법을 잘 선택할 것

다섯 번째 재료는 수본분(守本分), 자신의 직분에 맞게 할 것

여섯 번째 재료는 막질투(莫嫉妬), 시기하고 샘내지 말 것

일곱 번째 재료는 제교사(除狡詐), 간사하고 교활하지 말 것

여덟 번째 재료는 무성실(務誠實), 성실히 행할 것

아홉 번째 재료는 순천도(順天道), 하늘의 이치에 따를 것

열 번째 재료는 지명한(知命限), 타고난 수명의 한계를 알 것

열한 번째 재료는 청심(淸心), 마음을 맑고 깨끗하게 할 것

열두 번째 재료는 과욕(寡慾), 욕심을 줄일 것

열세 번째 재료는 인내(忍耐), 잘 참고 견딜 것

열네 번째 재료는 유순(柔順), 부드럽고 순할 것

열다섯 번째 재료는 겸화(謙和), 겸손하고 화목할 것

열여섯 번째 재료는 지족(知足), 만족함을 알 것

열일곱 번째 재료는 염근(廉謹), 청렴하고 삼갈 것

열여덟 번째 재료는 존인(存仁), 마음이 항상 어질 것

열아홉 번째 재료는 절검(節儉), 아끼고 검소할 것

스무 번째 재료는 처중(處中), 한쪽에 치우치지 말고 조화할 것

스물한 번째 재료는 계살(戒殺), 살생을 경계할 것

스물두 번째 재료는 계로(戒怒), 성냄을 경계할 것

스물세 번째 재료는 계포(戒暴), 거칠게 행하지 말 것

스물네 번째 재료는 계탐(戒貪), 탐욕을 경계할 것

스물다섯 번째 재료는 신독(愼篤), 신중히 생각하고 독실하게 행할 것

스물여섯 번째 재료는 지기(知機), 사물의 기틀을 알 것

스물일곱 번째 재료는 보애(保愛), 사랑을 견지할 것

스물여덟 번째 재료는 염퇴(恬退), 물러서야 할 때 담담히 물러날 것

스물아홉 번째 재료는 수정(守靜), 고요함을 지킬 것

서른 번째 재료는 음즐(陰櫛), 은연중에 덕이나 은혜를 쌓을 것이지요."

"허허, 이거 완전히 예상 밖이로구먼!"

"그렇지요? 저도 처음에 그랬습니다. 하하하. 곱씹어 볼수

록 꽤 의미심장하더라고요. 만병의 근원은 마음이니 마음을 잘 다스려야 건강하다는 의미 아니겠습니까! 이곳을 지날 때마다 늘 보니 저절로 외워지더라고요. 좋은 구절을 외워두니 자연스럽게 필요한 상황에서 떠오르고, 떠오르니 실천할 수 있게 되더이다."

"좋은 말일세, 좋은 말이야."

그때였다. 뱃사공 뒤로 뭔가 햇빛을 반사해 번쩍였다. 왼편의 바위산에서 나는 빛이었다.

"저기엔 뭐가 있는 건가?"

"반짝이는 저곳을 말씀하시는 거죠?"

"그렇네!"

"누군가 바위에 금속으로 만든 글자를 붙여놓았다더군요. 가까이 가면 보이실 겁니다."

뱃사공은 왼편 기슭으로 가까이 배를 붙여 운전했다. 곧 바위에 붙여놓은 금속 글자가 보였다.

노인은 한 자씩 소리를 내 읽어 보았다.

"양생에 관한 책을 전에 연구하였더니

머리 수련법 외엔 다른 것이 없었네

천 번 머리 빗으면 기 소통 원활하고

모든 맥 모이기에 더욱 보호해야 하리

선녀 물동이 기울여 자주 머리를 감고

마고 손톱 예리하니 긁기에 적당하네

귀 후비고 등 긁는 것 다 좋은 방법이니

먼지와 때 한 점도 남겨 두지 말지어다"

"옛 선비가 지은 시지요. 저는 저 시를 보고 그 뒤로 머리를 열심히 빗게 됐어요. 등과 귀도 열심히 마사지하고 있고요. 아 ~주 시원하고 좋습니다."

뱃사공이 말하는 동안 노인은 속으로 생각했다.

'머리를 열심히 감아야겠군….'

"그런데 이런 말이 있더군요. 옛날 서적에 유명한 의사가 진료 기록을 남겨놓은 걸 보면 머리를 열심히 빗은 환자 중에 소양인들에게서 구안와사가 온 환자들이 여럿 있었대요. 태음인은 머리를 빗으니 좋다고 했고요. 그러니 소양인 체질인 사람들은 과하게 머리 빗는 건 아무래도 조심해야 할 것 같아요. 어르신, 네 가지 체질에 대해 아시나요? 모르시면 설명해 드리려고요."

"알다마다! 옛날 옛적에 통달했다네! 내가 바로 그 소양인일세. 천 번 머리 빗질할 때 유념해야 하는 소양인!"

"그러셨군요. 잘 말씀드린 것 같네요."

"응, 고마우이."

대화를 나누는 동안 노인은 나그네에게서 이상한 점을 발견했다. 아까 배를 탈 때 본 그는 꽤 젊어 보였는데 그와 대화하고 있자니 생각보다 나이가 있는 사람 같았다.

노인은 유심히 뱃사공을 살폈다. 뱃사공은 해 아래서 하루 종일 일하기 때문에 얼굴은 까맣게 탔지만, 피부만은 아기 살결처럼 고왔다.

또, 한참을 노를 저었는데도 전혀 지친 기색이 없었다.

특히, 노인은 그의 눈을 주목했다. 뱃사공의 두 눈은 광채가 뿜어져 나오는 듯, 유난히 반짝였다.

"예사 분이 아닌 것 같소만."

노인이 말했다.

"예? 무슨 말씀인지요?"

뱃사공은 하던 이야기를 멈추고 대답했다.

"아까부터 노를 저어도 전혀 지친 기색이 없고, 낯빛은 어린아이 같구먼. 두 눈은 하늘의 별이 내려와 앉은 듯하니 어찌 보통 사람 같으리오?"

"하하하, 역시 오랜 연륜다우십니다. 다들 잘 못 알아보시던데…. 저는 여든셋 되었습니다만, 모두 40대 초반으로 보시지요."

"역시, 그렇구먼. 도대체 비결이 뭐요?"

"비결이라고 굳이 거창하게 밀씀드리기는 그렇지만…."

뱃사공은 둘러메고 있던 포대기에서 주머니를 꺼냈다. 그 속에는 식물의 뿌리가 여럿 들어 있었다.

"이것을 즐겨 먹은 지 여러 해 됐습니다. 그랬더니 안색이 밝아지고 젊음이 돌아오더군요."

뱃사공의 이야기는 이랬다.

어느 날 삿갓을 둘러쓴 한 남자가 배를 탔다. 그 삿갓은 일반 사람들이 쓰는 것보다 훨씬 크고 무거운 것이었다. 아무래도 남자가 특수제작한 듯 보였는데, 삿갓처럼 손님의 덩치도 어마어마했다고 한다.

한동안 벌이가 시원찮아 식사도 제대로 못한 상태여서 사내는 뱃사공에게 큰 짐이었다. 그래서 그 날 뱃사공은 꽤 힘이 들었다. 그래도 뱃사공은 투철한 직업정신을 발휘해, 헉헉대며 뻘뻘 땀을 흘리며 열심히 노를 저었다.

그런 그가 안쓰러웠던 지 삿갓 사내는 뱃사공에게 가지고 다니던 식물 뿌리를 먹어보라며 건넸다. 뱃사공은 안 그래도 배가 고팠던 지라 고맙게 받아 맛있게 먹었다.

그런데 이게 웬일인가!

그 뿌리를 먹었더니 배고픔은 사라지고 기운이 넘치는 게 아닌가!

이후로 뱃사공은 시원시원하게 노를 저어 삿갓 사내를 목적지까지 신속하고 안전하게 데려다주었다 한다.

"그분은 저에게 그 식물 뿌리를 어디서 채취해야 하는지, 어떻게 먹어야 하는지 알려주시고 유유히 길을 떠나셨지요."

"오오! 그랬구먼! 그래, 어떻게 먹어야 하는 건가? 내게도 알려줄 수 있겠나?"

"물론이지요. 이 약초는 산중의 석간 사적 위에 납니다. 한 치에 마디가 9인 것으로 5월, 12월에 뿌리를 캐어 그늘에서 말립니다. 잎의 중심에 등마루가 없는 것은 비슷하게 생겼지만, 이 약초가 아니에요. 약으로 쓸 수 없지요. 겉으로 드러난 뿌리 마찬가지로 약으로 사용할 수 없습니다. 이 뿌리를 쌀 뜨물에 하룻밤 담갔다가 볕에 말린 후 찧어서 가루를 내세요. 찹쌀죽에 졸인 꿀을 넣고 반죽하여 오자대로 환을 만드시면 됩니다. 너무 많이 드시면 머리가 띵하고 메스꺼울 수 있으니 20~30개 정도만 드셔요. 그것도 과하다 싶으면 양을 줄여서 드시면 됩니다. 이 약초가 든 약을 먹을 땐 양고기 등을 드시면 안 됩니다. 궁궐에서는 인삼과 함께 차로 마시기도 했어요."

말을 마치고 뱃사공은 품에서 주머니를 꺼냈다.

"한 번 드셔보시겠어요?"

"어이쿠, 물론이지. 고맙네."

노인은 뱃사공이 건넨 환을 입에 녹여 천천히 씹어 먹었다. 이 식물의 독특한 향이 입 안에 은은히 감돌았다.

"좋네, 좋아."

노인이 기분 좋게 환을 먹고 있을 때였다.

"아니, 어르신! 세상에 이럴 수가!"

뱃사공이 느닷없이 소리를 질렀다.

"자네 왜 그러나?"

뱃사공의 반응에 더 놀란 노인이 말했다.

"어르신의 머리가! 머리가!"

"머리가 도대체 어떻게 됐단 말인가? 제대로 말해보게! 제대로!"

"머…. 머리카락이 변하고 있어요!"

뱃사공은 경직된 채로 말했다.

노인은 이게 무슨 소리인가 싶어 강물에 얼굴을 비춰봤다. 잔잔한 물 표면에 노인의 모습이 물결 따라 흔들렸다.

"응? 아니! 머…. 머리가!"

노인도 물결에 비친 자신을 보고 소리 질렀다.

때마침 건너편에서 한가롭게 놀고 있던 새 몇 마리가 노인의 소리에 놀라 후다닥 날아올랐다.

노인의 소리는 저편 산을 툭 치고 메아리쳐 다시 돌아왔다.

"머~ 리~ 가~~아~~~"

노인은 강물에 자기 모습을 이리 비춰보고 저리 비춰봤다. 여기를 봐도 저기를 봐도 마찬가지였다 노인의 희고 희던 머리카락이 흑발로 변하고 있었다.

노인과 뱃사공이 갑작스럽게 닥친 일에 적응해 갈 무렵, 노인의 머리카락은 변신을 마쳤다.

노인은 윤기 나는 흑발을 흩날리고 있었다.

"어떤가? 좀 더 젊어 보이는가?"

"아유, 물론이고 말고요. 서른 살은 젊어 보이십니다. 그나저나 이게 도대체 무슨 일인지…."

"놀랄 것 없네. 뭐 나도 방금 전까진 놀랐지만 말일세."

노인은 강물에 머리를 비춰보며 가르마를 이리도 타보고 저리도 타봤다.

"아까 환을 먹고 효험을 본 거네. 이런 일이 여러 번 있었어."

노인은 계속 뱃머리에 허리를 숙인 채 머리 모양을 바꿔보고 있었다.

"그래도 그렇지. 이렇게 효과가 빠르단 말씀입니까?"

"그러게 말일세. 그런 경우가 있더구먼. 나도 처음엔 오늘보다 더 많이 놀랐었다네. 그때는 관절염이 순식간에 고쳐졌있지!"

"오! 그러셨군요! 어쩐지 발걸음이 매우 가볍다고 생각했습니다."

"그렇지? 이제 내 두 무릎은 아주 강철 같다네. 바위도 깨부술 수 있을 것 같았는데 같이 있던 이가 말리는 바람에 그건 그만뒀지."

"아이고, 어르신. 잘하셨습니다. 잘하셨어요. 아무리 좋은 약이라 해도 몸 관리를 안 하면 효과가 없습니다."

그제야 노인은 뱃머리에서 일어났다.

"젊은 머리에는 젊은 스타일이 필요하지 않겠수? 안 그래? 젊은 양반?"

노인은 요즘 유행한다는 남자 대학생의 머리 모양을 따라 한 듯했다.

"하하하! 맞는 말씀입니다. 젊은 스타일이 참 잘 어울리십니다! 그나저나 이런 일을 제 눈으로 보다니. 정말 믿기지 않네요."

"자네~ 세상에 유일한 진리가 뭔 줄 아나?"

"글쎄요…. 뭔가요?"

"내가 생각하기엔 말일세. 우리는 결코 모든 것을 다 알고 있지 않다는 것일세."

"예…. 그런 것 같기도 하네요. 어르신…."

"그나저나 기분이 날아갈 것 같구먼. 야!!! 호!!!"

노인은 강 저편 산을 향해 외쳤다.

"야아~~~ 호오~~~"

답장이라도 하듯 산 저편에서 메아리가 들려왔다.

노인은 뱃사공을 껴안으며 말했다.

"자네 덕분일세."

"제가 뭘 한 게 있나요. 그나저나 이렇게 기뻐하시니 제가 다 기분이 좋네요"

뱃사공도 노인을 껴안아 주며 노인을 축하해 줬다.

병원

오늘 노인은 출장을 나섰다. 병원에 입원해 있는 환자의 상담 요청이 있었기 때문이다. 그 환자는 여섯 번째 길을 쭉 따라가다 보면 나오는 12층 병원 건물 속에 들어있었다.

노인은 병원에 들어서면서 병원의 한쪽 편에 지어진 장례식장을 봤고 외래 접수 대기실을 봤고 뇌혈관 센터를 봤고 암센터를 봤고 척추 센터를 봤고 산부인과를 봤고 신생아실을 봤다.

노인은 병원은 참 아이러니한 공간이라고 생각했다.

한쪽에서는 새로운 생명이 태어나고 한쪽에서는 죽은 사람들의 장례가 치러진다.

삶과 죽음이 동시에 존재하는 공간….

그래서 그런지 병원은 그 어느 곳보다도 삶의 이야기가 깊이 있고 다양하게 펼쳐지는 곳이었다.

병원에는 세상에서 잠시 떨어져 나온 사람들, 어느새 잊힌 사람들, 머리가 희끗희끗한 사람들이 있었다.

노인은 12층으로 가기 위해 엘리베이터를 탔는데 거기엔 머리 수술을 한 남자가 휠체어를 타고 있었다.

그의 머리통은 반만 남아 있었다. 그 때문인지 남자는 입을 벌린 채 넋을 놓고 앉아 있었다. 그리고 그의 뒤엔 휠체어를 잡은 간병인이 무심하게 서 있었다.

노인은 '제대로 살아있다는 것'의 의미에 대해 생각해 봤다. 분명 저 남자도 놀이터에서 개구쟁이 친구들과 신나게 놀던 시절이 있었을 테고, 한눈에 반한 여자를 보며 가슴 설레던 청춘도 있었을 것이다. 그때 그가 지금의 삶을 예상이나 했을까….

그는 살아있는 걸까, 잠자고 있는 걸까….

또, 노인은 '잘 죽는 것'에 대해서도 생각해 봤다. 잘 사는 것 못지않게 잘 죽는 것도 얼마나 복된 일인지….

노인은 아는 사람들이 한둘 세상을 떠나는 과정을 보아 왔다. 누구는 암으로 몇 년 고생하다 생을 마감하기도 하고 누구는 말기 암 진단을 받고 몇 개월 살지 못하고 죽기도 했다.

어떤 사람은 교통사고로 갑자기 이 세상에 이별을 고했고 어떤 사람은 잘못 먹은 순대 때문에 그날 밤에 생을 마감하기도 했다.

삶이 다양한 만큼 생을 마감하는 모습도 참 다양했다. 사람이 죽었다를 표현하는 우리네 말, '돌아가셨다'처럼 그들은 다 어디로 돌아간 걸까….

노인은 우리 이황 조상님이 제일 멋지게 돌아가신 분이라고 생각했다. 그분은 자기 죽음을 느끼시고 주변 정리를 하셨다. 그러고선 가족들이 지켜보는 가운데 조용히 앉아서 돌아가셨다.

평생 깨끗한 마음으로 청빈한 삶을 사신 복이었을까…?

이런 생각들을 하는 사이, 어느새 노인은 약속된 병실 앞에 서 있었다.

병실에 들어서자 서로 마주 보고 있는 여섯 개의 침대 위에 환자들이 나란히 누워있었다. 그들은 문소리가 들리자 일제히 고개를 돌려 노인을 쳐다봤다.

"목사님. 여기예요!"

창문가 침대 자리의 할머니가 노인을 불렀다.

그녀가 바로 오늘의 상담 주인공이었다. 중풍으로 쓰러진 지 몇 년이 넘은 할머니는 응급처치가 늦어진 탓에 몸 절반을 마비에 내주어야 했다.

"목사님, 제가 나을 수 있을까요?"

할머니는 노인이 자리에 앉자마자 물었다.

"아유, 이제 도저히 나을 것 같지 않아요."

할머니는 오랜 투병 생활에 지쳐 있었다.

할머니처럼 오랜 투병 생활을 하는 이들은 으레 불면증이나 우울증에 시달리곤 했다. 병원이나 집에 틀어박혀 아무것도 못 하고 늘 누워 지내는 일이 어디 보통 일이겠는가.

병원에서는 증상에 맞는 약과 주사 등의 처방이 이뤄질 뿐, 환자의 내면세계에는 관심이 없었다. 그래서 할머니는 자신의 내면세계를 도와줄 노인을 입원실로 초청하게 된 것이었다.

"할멈, '마지막 잎새' 이야기를 들어봤는가?"

"마지막 잎새요? 글쎄요 들어본 것 같기도 하고…."

"할멈처럼 병원에 입원했던 사람이 있었네. 그 사람은 겨울이 되면서 창밖에 담쟁이덩굴의 잎이 하나하나 떨어지는 것을 보고, 마지막 잎이 떨어질 때 자기도 죽겠구니 생각을 했지. 그걸 알게 된 화가 영감이 잎이 떨어지지 않도록 그림을 그려놓지 않았겠나. 〈사람의 심령은 그 병을 능히 이긴다〉는 걸 알았던 게야. 결국 그녀는 떨어지지 않는 잎을 보며 자신도 살 수 있다고 생각했고 믿게 됐네. 그 결과 병을 이겨내고 건강해졌지.

결국 자신이 믿은 대로 되는 게야. 할멈은 무엇을 믿고 싶나? 병이 낫지 않을 것을 믿고 싶나, 아니면 병이 나을 것을 믿고 싶나?"

"병이 나을 것을 믿고 싶지요."

"그 믿음을 굳세게 갖고 있으면 그렇게 될 걸세. 우리 동네엔 큰 공원이 있는데 거기에서 땀을 뻘뻘 흘리며 걷고 있는 영감을 본 적이 있지. 할멈처럼 중풍 환자였는데, 걷는 게 얼마나 힘든지 개미처럼 느리게 걷고 있는데도 땀은 비 오듯 흐르는 게야. 그이가 얼마나 힘들지 보는 사람이면 누구나 알 수 있을 정도로 말일세. 그래도 영감은 계속 계속 걷더구먼. 결국 그 영감이 어떻게 됐는지 아는가?"

"건강해졌을 것 같아요."

"허허허, 맞네! 영감의 몸은 정상으로 돌아왔고 급기야 몸짱 대회까지 나갔지! 몸매가 아주 끝내줬다네. 그 영감탱이도 하는데 할멈이 못할 게 뭔가? 할멈도 할 수 있네!! 강한 의지로 병을 이겨내는 게야! 자네도 얼른 나아서 미스코리아 대회 한 번 나가봐야지?"

"어머. 호호호~ 목사님도 참~~ 호호호!"

"그렇게 웃으니, 주름도 펴지고 더 예뻐 보이네. 그려~ 세상에 웃음만큼 좋은 게 어디 있나? 아주 많이 웃게나! 허허허!"

두 노인의 웃음소리에 옆 침대 환자가 말을 걸어왔다.

"두 분~ 뭐가 그리 재미있으셔요? 같이 재미있어 봐요. 헤헤."

"그래, 그렇게 하세~ 자네는 어디가 아파서 이 병원에 왔나?"

"저는 밥을 못 먹어서 왔어요. 한 달 만에 7킬로그램이 넘게 빠졌죠. 집에서 버티고 버티다 더 이상 안 되겠다 싶어서 병원에 왔어요. 목사님! 저는 굶어보니까 왜 금식하고 기도하는지 알겠더라고요."

"허허, 왜 그런 것 같나~?"

"음식을 못 먹으니까 다른 건 다 쓸데없어 보이더라고요. 오로지 먹을 수만 있다면 더 바랄 게 없었어요. 그래서 깨달았죠. '아! 제대로 먹을 수 있는 것만 해도 행복이구나!' 행복이 딴 데 있는 게 아니더라고요. 누구나 '당연히' 하는 것들을 할 수 있는 것만으로도 행복한 거더라고요. 숨쉴 수 있는 것, 손가락을 움직일 수 있는 것, 앉을 수 있는 것. 이 모든 것들이 평소에 우리가 당연히 여기는 것들이잖아요. 그런데 이런 것들을 잃어버리고 나면 그때야 비로소 '당연히 여기는 것'들의 고마움을 알게 돼요. 행복이 멀지 않은 곳에 있었다는 것도요."

"정말 좋은 말이네요! '당연히 여겼던 것'들이 당연한 게 아니라는 거, 정말 고마운 거라는 거."

저쪽 침대에 누워있던 환자였다. 그녀는 의료사고로 의도치 않게 3년째 고생 중이었다. 처음엔 걷지도 못하고 변도 못 보고 고생이 이루 말할 수 없었다고 했다.

"전 여기에서 저만의 행복해지는 법을 만들었어요. 공개해 볼까요?"

"그럼 그럼, 어서 해보게."

"예!"

그녀는 넉넉한 표정으로 말을 이었다.

"나한테 없는 것에 초점을 맞추지 말고 '있는 것'에 감사하는 습관을 갖는 거예요. 처음엔 다른 사람의 잘못으로 제 인생이 망가진 데 대해, 내 몸을 제대로 움직이지도 못한다는 사실에 대해 너무 속상했어요. 예전에 하던 것들을 모두 할 수 없게 되었죠. 미용실에 가서 머리하는 것도, 서점에서 책을 보던 일도 모두 다요. 그렇게 제가 할 수 없는 것들, 저에게 없는 것들을 생각하니까 너무 우울해지는 거예요.

어느 날 이대론 안 되겠다 싶었어요. 그때 이 구절이 생각났지요. 〈항상 기뻐하라. 쉬지 말고 기도하라. 범사에 감사하라〉 그래서 감사할 거리를 세 가지씩 찾아보기로 했어요. 예를 들면, '숨 쉴 수 있어 감사합니다.' '햇빛을 볼 수 있어 감사합니다.' '머리카락이 빠지지 않고 풍성하게 지금까지 남아 있어서 감사합니다.' 이렇게요. 그랬더니 점점 기분이 좋아지더라고요. 생각도 긍정적으로 변하고요. 무엇보다 '감사'를 했더니 정말 제 인생에 감사하는 마음이 생기더라고요. 그 뒤로 계속 '감사할 거리 찾기'를 실천했어요. 치료도 열심히 받고요. 결국 오늘처럼 조금씩 조금씩 걸을 수 있게 됐지요. 전, 건강해져서 일상으로 돌아가도 이 방법을 계속 실천할 거예요. 특히, 어려운 일이 생길 때는 더욱 더요. 행복해지는 비결 중의 최고 비결이니까요. 여러분께도 적극 추천해 드리는 바입니다."

그녀는 싱긋 미소 지었다.

이때까지 그녀가 얼마나 많은 고통을 겪어왔으며 지금도 여전히 그 고통 중에 있다는 사실을 누구보다도 잘 아는 병실의 사람들에게 그녀의 말은 깊은 울림을 줬다.

"훌륭하구먼! 한 수 배워야겠네. 그려."

"언니! 정말 좋은 방법이네요. 저도 제가 깨달았던 걸 나누고 싶어요! 저는 이곳 생활을 하면서 욕심을 버리는 데서 행복이 온다는 것을 깨달았어요."

그녀는 내상모신 환사였다. 포진이 여러 위험한 부위에 발생하고 퍼지는 바람에 한동안 죽도 제대로 못 먹었다고 했다.

"무조건 앞만 보고 달렸어요. 더 빨리 더 성과를 내고 싶었거든요. 그렇게 무리한 결과 이렇게 병원에 있게 되었네요. 의사 선생님 말씀으로는 앞으로 1년은 안정을 취해야 하고 그 뒤로도 절대 무리할 생각은 말라더군요. 처음엔 아무것도 할 수 없는 무력한 저 자신 때문에 매우 힘들었는데 시간이 지나면서 여러 가지를 생각하게 됐어요. 누워있으니 제게 넉넉한 건 시간뿐이더라고요. 모처럼 여유를 갖고 이 생각 저 생각 하다가 결국 모든 건 욕심에서 비롯됐다는 걸 깨달았어요. 몸이 이렇게 되기 전에 사인이 와요. 좀 쉬어주라고요…. 근데 그 사인을 무시하고 계속 내달렸던 거죠.

병원에서 욕심을 하나하나 버렸어요. 그랬더니 마음의 여유가 생기고 편안해지더라고요. 이제 급박히 살던 그 어느 때보다 지금이 훨씬 평안해요. 아무리 가진 게 많아도 욕심을 부리면 행복하지 않은 거고, 가진 게 없어도 욕심을 부리지 않으면 행복한 거더라고요."

"돈 욕심을 버리니 돈이 없어도 행복하고, 옷 욕심을 버리니 옷 한 벌로도 행복하고, 음식 욕심이 없으니, 밥만 먹어도 행복하고~"

노인이 맞장구쳤다.

"예! 맞아요. 바로 그거예요!"

여자도 맞장구쳤다.

"오늘 좋은 말씀 많이 듣네요."

문 바로 앞자리 침대에 있던 아주머니가 환한 미소를 머금은 채 말했다.

"저는 행복에 있어 어떤 조건이나 상황이 중요한 게 아니라는 걸 배웠어요. 중요한 건 사랑의 유무더라고요. 병원에 있으면서 많은 환자를 봐왔어요. 그중 가장 인상 깊던 환자들은, 똑같은 병으로 옆자리에 나란히 누워있던 두 분의 아주머니셨어요. 한 분은 오랜 투병 생활에도 불구하고 참 밝고 행복하셨어요. 반면 다른 한 분은 어두우셨죠. 그 차이가 어디에서 오나 했더니 바로 '가족' 때문이었어요. 행복한 아주머니는 가족들이 늘 관심을 기울여 주고 보살펴 주는데 어두운 아주머니의 가족은 그렇지 않았어요. 병은 누구에게나 힘든 건데, 그 와중에도 '사랑'을 받는 사람에겐 행복이 있더라고요. 누구나 아플 수밖에 없잖아요. 인간이라면 누구나 나이가 들고 죽음이 기다리고 있으니까요. 그럴 때 곁을 지켜주는 건 가족이에요. 저도 아파보니 가족이 얼마나 소중한지를 더 깊이 깨달을 수 있었어요.

예전에, 전시회에서 추사 김정희 선생님께서 죽기 얼마 전에 쓰신 붓글씨를 본 적이 있어요. 그렇게 평생 아름다운 글씨를 쓰셨던 분의 필체가 어린아이가 쓴 것처럼 삐뚤빼뚤하더라고요. 아마, 글씨가 그 정도일만큼 병약하실 때 쓴 글씨인가 봐요. 그 붓글씨 내용이 이런 거였어요. '그 어떤 모임보다도 자식, 손주 모임이 제일 낫다.' 추사 김정희 신생님은 당대의 유명인이셔서 내로라하는 모임의 모임에는 다 다니신 분이에요. 그런 분이 말년에 내린 결론이 바로 '가족이 소중하다'였

151

던 거죠. 그러니까 저의 결론도. 가족한테 잘하자! 서로 사랑하자는 거예요."

"말씀을 들으니, 부모님께 더 잘해드려야겠다는 생각이 들어요."

이번엔 병실의 막내였다.

"전…. 병원에 있으면서 '어떤 곳에 있든지, 어떤 상황에 처했든지, 그 시간을 가치 있게 보내는 법'을 깨달았어요. 병원엔 참 다양한 사람들이 있어요. 부자든 가난하든, 어떤 직업을 가졌든, 병은 누구에게나 공평하니까요. 그런데 모두가 아프다 보니 환경의 차이에도 불구하고 공감대가 형성돼요. 또, 상황이 상황이니만큼 더 깊은 대화가 가능하고요. 병원 밖에서 만났으면 불가능했을 대화들까지 처음 만난 사람들과 속 터놓게 얘기하게 되지요. 그래서 인생에 대해 많은 걸 배울 수 있었어요.

또, 이 병원 저 병원에 다니다 보니 병원마다 다른 시스템과 조직 문화를 접했어요. 어떤 병원은 합리적으로 일이 운영되는지라 의사, 간호사의 얼굴이 밝아요. 그러니 환자들이 더 편하게 진료받을 수 있죠. 어떤 병원은 그 반대고요. 그래서 시스템이 얼마나 중요한지, 조직 문화가 얼마나 중요한지를 깨달았어요.

병실에서도 마찬가지예요. 환자 한명 한명이 바뀔 때마다 병실의 분위기가 바뀌어요. 병실 문화가 바뀌는 거죠. 그걸 보며 인적 구성이 얼마나 중요한가를 배웠어요. 지금, 우리 병실 사람들은 모두 너무 좋으셔서 참 감사하답니다.

제가 병원에서 신세 한탄만 하고 아무 생각 없이 시간을 낭비했다면 지금의 병원 생활은 저에게 암흑 같은 시간으로 기억되었을 거예요. 하지만 병원 밖 일상생활 속에서 여러 경험을 통해 성장하듯이, 저는 이곳에 와서 많은 것들을 경험하고 배우며 성장한 것 같아요. 비록 아팠지만 말이에요. 먼 훗날 지금의 생활들은 저에게 귀중한 시간으로 기억될 것 같아요."

"그렇구면~ 좋은 말이야. 귀양 갔던 사람들을 생각해보게. 그때야 비로소 세상에서 벗어나 많은 시간이 그들에게 주어졌네. 그들은 그 시간을 이용해 역사에 길이 남을 책들을 집필했지."

노인의 말이었다.

"예! 어느 곳에서든, 어떤 상황에서든, 긍정적이고 발전적인 시야를 갖는 게 중요한 거죠!"

막내가 맞장구쳤다.

"전…. 제 생활 방식을 많이 돌아봤어요."

이번엔 병실 저쪽 구석에서 이들의 대화에 무심한 듯 누워 있던 아주머니였다. 아주머니는 골다공증 때문에 기침 한 번으로 척추가 무너져 내렸다고 했다.

"저도 아프면서 저 자신을 많이 돌아보게 된 것 같아요. 저는 워낙 건강 체질이라 감기 한 번 안 걸리고 살아왔었거든요. 그래서 그랬는지 먹는 것도 신경 안 쓰고 운동도 안 하고 살았어요. 굳이 신경 안 써도 건강했으니까요. 그런데 그게 쌓이고 쌓여서 이렇게 한 번에 온 거예요. 척추가 부서지니까 움직일 수도 없고 꼼짝없이 누워있을 수밖에 없었어요. 애들이 똥, 오줌 다 받아내고…. '자식이 있어서 좋구나' 하는 생각이 들더라고요.

저 같은 환자들을 많이 만났는데 처음엔 수술하거나 자연적으로 붙어서 다들 생활을 잘했나 봐요. 그런데 얼마 안 지나서 다른 부위가 부러지거나 아니면 부러졌던 데가 다시 부러져서 또다시 병원에 오시게 되더라고요. 그렇게 되면 나중엔 더 고치기도 힘들고 거동하기도 힘들어지고요. 그러니까 못 걷다가 뼈가 좀 붙어서 걷게 됐다고 예전처럼 생활하면 매우 위험해요. 뼈가 완전히 잘 붙을 때까지 절대 조심해야 하죠. 그러려면 꽤 시간이 걸리고요. 골다공증으로 뼈가 부서졌다는 건 그 부위가 약해서 먼저 증상이 온 거지, 다른 부위가 멀쩡하다는 말은 아니거든요. 오히려 다른 부위도 언제든 부러지거나 부서질 수 있다는 얘기가 돼요.

결국, 뼈를 튼튼하게 만들어야 온전하게 건강해질 수 있는데 그러려면 지금까지의 내 생활 방식을 싹 고쳐야 해요. 먹었던 음식, 운동 습관, 마음가짐, 취침 시간, 기상 시간 같은 것들 말이죠. 암 환자들도 똑같이 수술 잘 받아서 결과가 좋더라도 나중에 다시 재발하는 사람과 그렇지 않은 사람들이 있거든요. 여러 원인이 있겠지만 수술 후 '관리'도 한몫하는 것 같아요. 약과 수술도 중요하지만, 그 병이 있게 한 나의 생활 방식을 바꾸지 않으면 아무리 좋은 치료법도 소용이 없어요."

"맞는 말일세!"

노인이 맞장구쳤다.

"그래서 저도 이번 기회에 그동안의 제 삶의 패턴을 바꿔보려고요. 또, 인생 목표도 하나 더 생겼어요!"

"그게 뭔가?"

"무병장수하는 삶이요."

아주머니는 씩 웃었다.

"그래 그래. 아파본 사람만이 알 수 있는 중요한 꿈이지. 무병장수!"

"이런 생각도 들어요. 이만하길 다행이시. 이번 일 없이 계속 지금까지의 제 생활 습관대로 살았으면 아마 더 나이 들어서 더 심하게 병이 왔을 거예요. 그렇게 됐으면 고치기도 훨씬 힘들었을 테고요. 그런데 지금 병이 와주는 바람에 더 약하게 병이 오고, 덕분에 제 삶에서 뭘 바꿔나가야 할지 알게 됐어요. 이제 남은 건 전화위복을 만들기 위해 노력하는 일이에요."

"와! 멋진 말이에요! 전화위복!"

막내가 말했다.

"저는 내 인생이 힘들다고 생각하는 사람들은 가끔 병원을 한 번 휙 돌아봤으면 좋겠어요. 아마 그렇게 하면 병원 밖에서 생활하고 있다는 것만 해도 감사하게 느껴질 것 같거든요."

의료사고 환자가 말했다.

"그렇구먼! 맞는 말이야!"

노인도 말했다.

이들의 말을 조용히 듣고만 있던 할머니가 조용히 서랍을 열어 무언가를 꺼냈다. 그리고 무언가를 바르며 장난스럽게 말했다.

"다들, 훌륭한걸. 나만 괜히 징징댄 것 같잖아."

"어머, 할머니 뭘 바르고 계셔요?"

못 먹어서 인생을 제대로 알게 된 환자가 물었다.

"응, 선크림이야. 선크림. 다 나으면 목사님 말씀처럼 미스 코리아 대회에 나가야 할 거 아냐~~ 이 자리는 창가라 자외선이 얼마나 많이 들어오는지 몰라."

할머니의 말에 모두 웃음보가 터졌다.

노인이 할머니에게 물었다.

"할멈, 이제 몸이 어떻게 될 것 같소?"

"내일이라도 당장 정상으로 돌아올 것 같아요!"

이제 곧 미스코리아 대회에 나갈 할머니가 대답했다.

황정

　노인이 병원을 나서자 넓은 들판과 깊이를 모를 하늘이 끝 없이 펼쳐져 있었다. 태양도 노인처럼 집으로 돌아갈 준비를 하고 있던 터라 넓은 들판과 하늘은 붉게 물들고 있었다. 노인 은 노인의 마음을 부드럽게 어루만지는 이 아름다운 풍경을 기억하기 위해 눈도장을 꼭꼭 찍었다.

　그러고 나서 풍경 속으로 걸어 들어갔다.

　태양은 노인을 따라 움직이는 듯 제자리에 멈춰있는 듯 노 인이 걷는 동안 함께 했다.

　그렇게 얼마 정도 걸었을 때였다. 저편 어딘가가 주변에 비 해 매우 밝아 보였다. 노인은 잘못 본 게 아닌가 싶어 두 눈을 비비고 다시 그쪽을 봤다. 여전히 그곳은 다른 곳보다 유달리 환해 보였다.

노인은 호기심이 일어 가던 방향을 바꿔 밝게 보이는 그쪽으로 가봤다.

거기에는 한 아주머니가 밭일을 하고 있었는데 그 아주머니에게서 빛이 스며 나오고 있었다.

'아주머니 때문에 이곳이 밝게 보였구먼!'

노인은 아주머니에게 가까이 다가갔다.

"이보시오!"

노인의 소리에 아주머니가 뒤로 돌아봤다.

"저를 부르신 건가요?"

아주머니가 쾌활한 목소리로 대답했다.

"맞아요! 이 부근이 밝아 보이길래 와봤더니 아주머니가 계시는 것 아니겠소. 몸에서 빛이 스며 나오시는데 어찌 된 일인지 궁금합니다만…."

"어머! 그랬니요? 주변 사람들이 그런 말들을 많이 하시기는 해요. 제 피부가 워낙 좋아 빛이 나는 것 같다고요."

아주머니의 말을 듣고 보니 그 말이 맞았다. 아주머니의 피부는 수분이 가득해 톡 건드리면 금방이라도 물방울들이 톡톡 튕겨 나올 것만 같았다. 매끄럽기가 유리는 저리 가라 할 정도였으며 피부빛은 아기들이 서러워 울고 갈 만했다.

"그런 거였구먼! 정말 피부가 너무 좋아 광채가 납니다. 대체 나이가 어떻게 되시길래 그리 피부가 좋은 게요?"

"나이는 들 만큼 들었어요. 아흔둘이랍니다."

"어이쿠, 아주머니! 사람을 이렇게 놀라게 해도 되겠소? 도저히 아흔 살 넘은 사람으로 보이지 않는데…. 다들 그렇게 보지요?"

"예. 주변에서 많이들 말씀하셔요. 정말 그 나이 맞냐고요."

"대체 그 비결이 뭡니까?"

"음…. 떡 때문이에요."

"떡이요?"

"예! 제가 즐겨 먹는 떡이 있는데 그걸 꾸준히 먹었더니 언제인가부터 나이를 거꾸로 먹더라고요."

"오오~ 뭐로 만든 떡인가?"

"식물 뿌리로 만들었어요."

아주머니는 핸드폰을 꺼내더니 노인에게 사진을 보여줬다.

"음~~ 이렇게 생겼구먼."

"예, 잎이 마주 난 게 있고 마주나지 않은 게 있는데 이렇게 마주 난 걸로 캐어 먹어야 해요. 저처럼 떡을 만들어 먹어도 되지만, 끓인 물에 쓴 즙을 씻어낸 후에 아홉 번 찌고 아홉 번 말려서 먹어도 된답니다."

"그렇구먼!"

"그늘에 말린 뒤 찧어서 가루를 낸 다음 매일 물에 타서 먹는 방법도 있고요. 저희 어머니는 옛날 옛적 배고픈 시절에 솔껍질과 같이 푹 고아 드셨다고 하시더라고요. 먹을 때 매실과 같이 먹지만 않으면 크게 유의할 사항은 없어요. 제가 예전에 방씨 성을 가진 노인을 뵌 적이 있는데요. 그분 나이가 111세셨어요. 그런데 50세도 안 되어 보이시더라고요. 그래서 어떻게 그렇게 젊음을 유지하고 계시는지 여쭤봤었죠. 이것저것 말씀해 주셨었는데, 이걸 먹었다는 말씀도 하셨다니까요!"

"오~ 그런가! 이 약초가 효과가 좋긴 좋은가 보구먼!"

"예~ 그런 것 같아요~"

"그 방 노인이 또 어떤 얘기를 해주든가?"

"그분은 어릴 때 병을 많이 앓으셨대요. 그 때문에 어린 나이에 몸이 많이 약해지셨고 그 뒤로 조금만 배부르게 먹으면 뱃속이 더부룩했다고 하시더라고요. 그래서 묵은쌀로 밥을 해서 매일 조금만 먹고 기름진 살코기, 날 음식, 찬 음식은 전혀 먹지 않으셨대요. 그렇게 십 년 성도 생활하니까 점점 병이 나아지셨고요.

아내가 55세에 돌아가셨는데 다시 결혼은 안 하셨대요. 가지고 있던 전답을 두 아들에게 고루 나눠주셔서 그들이 번갈아 가며 봉양하도록 하셨고요. 두 아들이 봉양 잘했기 때문에 화낼 일도, 살림살이를 애타게 걱정하지도 않으셨대요. 배고

프면 먹고, 피곤하면 자고, 산골짜기의 집에서 그렇게 큰 욕심 부리지 않고 조용히 지내셨다고 하시더라고요. 또, 여름에는 시원한 옷을 겨울에는 따듯한 옷을 잘 갖추어 입으시고 바람이 닿지 않는 으슥한 방에 거처하셨고요."

"음…. 결국 적당한 양의 음식을 잘 먹고 크게 무리하지 말고 마음 편안히 살면 되는 거구먼! 젊음의 비결 말일세!"

"예, 그렇다고 할 수 있겠네요."

"그리고 그 셋 중에 제일 중요한 건 말일세. 내가 지금까지의 경험을 토대로 생각해 보면 결국 '마음'이야. 마음…."

"예…. 옳은 말씀이셔요.

어머! 나 좀 봐. 옆에 떡을 두고 드셔보시라고도 안 했네요."

아주머니는 옆에 있던 광주리를 앞으로 끌어오며 말했다.

아주머니가 광주리를 덮었던 보자기를 들어 올리자 먹음직스럽게 생긴 떡들이 모습을 드러냈다.

"드셔보세요. 맛이 달아 먹기에 괜찮으실 거예요."

"설탕이 들은 게요?"

"아니요, 이게 원래 단맛이 나거든요. 그래서 설탕은 넣지 않았어요. 설탕처럼 달지는 않아도 먹기 적당해요."

때마침 시장하던 터라 노인은 고맙다는 말과 함께 허겁지겁 떡을 먹기 시작했다.

"어머! 어르신! 천천히 드셔요. 체하시겠어요."

아주머니는 떡과 함께 가져온 물을 노인에게 따라주며 말했다.

"나이 들수록 천천히 꼭꼭 씹어 드시라잖아요. 그러면 온갖 병을 막을 수 있대요."

"그래 그래, 맞는 말일세. 입 속에서 죽처럼 될 때까지 씹은 다음 넘겨야 하지."

노인은 우물거리며 말했다.

"아까 제가 이 식물 뿌리를 아홉 번 찌고 아홉 번 햇볕에 말려서 먹을 수 있다고 말씀드렸었잖아요."

"그랬지!"

"그렇게 먹으면 삼시충이 빠져나온다는 옛말도 있어요."

"삼시충?? 그게 뭔가?"

"우리 몸에 살고 있지만 눈에 안 보이는 벌레예요. 일정한 날이 되면 몸에서 빠져나와 그동안 그 사람이 저질렀던 죄를 하늘에 고한대요. 그러면 그 사람의 수명이 깎이게 되기 때문에 삼시충은 제삿밥을 먹기 위해 열심히 일한다고 하네요. 또, 사람들이 죄를 지어야 자기가 먹을 게 많아지기 때문에 삼시충은 사람들이 좋은 일, 도리에 맞는 일, 공의로운 일을 하는 걸 아주 싫어한대요."

"허허허. 그 얘기 재미있구먼!"

"호호호, 재미있으시죠? 옛날 사람들은 장수하려면 삼시충이 빠져나가는 걸 막아야 한다며 그날은 불을 환하게 밝히고 밤을 꼬박 새우곤 했대요. 삼시충은 나쁜 마음을 먹어야 힘이 나기 때문에 삼시충의 힘을 빼기 위해 그날은 특히 좋은 마음만 가지려고 노력하고요."

"허허허!"

"전 이 얘기도 재미있었지만, 옛사람이 지은 시도 인상적이었어요."

"무슨 시인가? 좀 들려주게."

"네, 흠흠. 좋은 시는 좋은 목소리로 말해야 하는 법이니까요."

아주머니는 자세를 고쳐 앉더니 시를 읊었다.

저무는 해 오늘 밤이 바로 경신일인데 / 歲闌今夜是庚申
삼시의 일을 가장 신기하다 모두 말하네 / 共說三尸事最神
건성으로 보지 말고 똑바로 볼지어다 / 瞠視莫教過海眼
지척이 바로 옥황상제의 천궁이란다 / 天庭咫尺玉皇宸

아무것도 모르는 아녀가 가장 가련하여라 / 兒女無知取可憐
그래도 머리 위에 하늘이 있음은 아는구려 / 猶知頭上有蒼天
하늘은 삼시충이 고하길 기다리지 않나니 / 明明不待三尸報
작은 노력으로 허물 덮으려고 하지 말거라 / 休把微勞欲蓋愆

164

가난한 집은 윷놀이도 적적하기만 한데 / 貧家寂寂樗蒱戲
일류 저택엔 화려한 술자리가 떠들썩하네 / 甲第紛紛玳瑁筵
허물을 가려 덮는 건 혹 용서도 받겠으나 / 銷沮閉藏猶可恕
늘 취하고 춤추는 건 허물을 더할 뿐이리 / 酣歌恒舞適增愆

병든 나는 편안히 잠들기를 염원하노니 / 病夫心願得安眠
화복을 모두 잊는 게 도리어 자연스럽다오 / 禍福都忘却自然
홀로 앉아서 시 두어 수를 읊어 이루니 / 獨坐吟成詩數首
짙고 옅은 먹 흔적이 화전에 가득하구나 / 墨痕濃淡滿華牋

"오! 대체 누구 시인가?"

"목은 이색 선생님 시에요."

"오오~~ 목은 이색 조상님! 알지! 알아~ 역시 우리 조상님
들은 시인이셨어. 시인! 보게나! 얼마나 시가 근사한가!"

"예. 저도 그렇게 생각해요. 어르신."

그때였다.

"핑! 퐁!"

어디에선가 가야금 퉁기는 듯한 소리가 늘렸다.

"이게 무슨 소리죠?"

아주머니가 말했다.

"그러게 말일세, 방금 무슨 소리가 들렸지??"

노인은 주위를 둘러봤다.

"퉁, 퉁"

이번엔 거문고 타는 듯한 소리가 묵직하게 들렸다.

노인과 아주머니는 어디에서 나는 소리인지 알기 위해 신경을 곤두세웠다.

"핑! 퐁! 퉁~ 퉁! 핑! 퉁~"

갑자기 소리가 많아지더니 급기야 현악 4중주를 하는 듯 소리가 울려 퍼졌다.

"에구머니나!"

아주머니가 갑자기 소리를 질렀다.

"왜 그러나?"

노인이 물었다.

"어머! 어머! 어머! 어머! 어머!"

아주머니는 두 손으로 얼굴을 가리더니 손가락 사이로 빼꼼 노인을 쳐다봤다.

"아니, 자네…."

라고 말하는 순간, 노인은 더 이상 말을 할 수가 없었다. 입이 당겨져 움직일 수가 없었기 때문이다.

얼굴이 잔뜩 조이는 느낌이 들면서 동시에 이곳저곳 마구마구 당기기 시작했다.

마치 누군가 고무줄을 잔뜩 당겨서 고무줄이 팽팽해진 것처럼 노인의 얼굴이 단단해졌다.

"아악, 앗, 아아 앗!"

노인은 아파서 얼굴을 매만지며 소리 질렀다.

그렇게 한동안 시간이 흐른 뒤, 현악 4중주는 점점 독주곡으로 바뀌더니 이내 잦아들었다.

그제야 노인의 얼굴이 편안해졌다.

노인은 얼굴을 감싸던 손가락을 천천히 폈다.

"세상에…."

아주머니는 얼굴을 가렸던 손을 내려놓으며 말했다.

아주머니가 약간은 넋이 나가 보여 노인은 아주머니를 흔들며 말했다.

"이보게! 정신 차리게! 대체 왜 그러나?"

"어르신…. 아니…. 그래요…. 어르신…. 세상에, 세상에, 세상에."

"아이고! 이거 원 답답해서. 찬찬히 말 좀 해보게나."

아주머니는 침을 꿀꺽 한 번 삼키고 나서 말했다.

"어르신…. 주름이…. 주름이…."

"그래! 주름이 왜?"

"주. 름. 이.. 없. 어. 졌. 어. 요!"

이제 좀 정신을 차린 듯 아주머니는 한 자, 한 자, 또박또박 말했다.

"주름이? 정말인가?"

노인은 얼굴을 매만지며 물었다.

"예! 다 없어졌어요! 다! 싹~ 다요!!"

아주머니는 산이 떠나가라 크게 소리쳤다.

그리고 손을 벌벌 떨며 주머니 속에 있던 거울을 노인에게 건넸다.

"오! 마이 갓!"

노인이 거울을 들여다보니 아주머니 말 그대로였다.

얼굴에 있던 주름이란 주름은 모두 온데간데없었다.

이마를 주름잡던 굵은 가로 주름들이며, 눈 아래 콱 박혀 있던 눈주름들, 입가에서 노인을 더 늙어 보이게 하던 일등 공신 팔자 주름들. 얼굴 전체에 퍼져있던 자글자글 잔주름들. 모두 모두 흔적도 없이 사라져 버렸다.

누군가 다리미로 노인의 얼굴을 다려버린 건 아닐지 하는 의심이 들 정도였다.

"오~~ 마이~~ 가아아앗!!!"

이제야 현실을 인식한 듯 노인은 더 크게 환호했다.

거울 속에는 노인이 알던 '그 노인'은 온데간데없었다.

대신, 노인의 젊은 시절 모습이 그대로 담겨 있었다.

슬슬 노인의 얼굴에선 아주머니처럼 광채가 스며 나오기

시작했다.

　덕분에 저녁이 되어 근방이 모두 서서히 어두워지고 있었지만, 노인과 아주머니의 주변은 매우 밝았다.

노인

노인만큼 충분히, 이 세상에서 오래 묵은 듯한 한 할아버지가 찾아왔다. 물론, 노인보다는 어려 보였다. 그의 나이는 여든이었으니까.

그는 점잖고 무게가 있는 사람이었다. 쉽사리 누군가에게 속내를 드러낼 것 같지 않아 보이는 입을 꽉 다물고, 그는 노인 앞에 앉았다.

"무슨 일로 오셨소?"

"잠이 잘 안 와서요…."

"잠이 잘 안 오는 이유라도 있는 겐가?"

"글쎄요. 노인들은 원래 잠이 없다고 하기는 하던데…. 그래서 그런지 영 잠이 안 오네요."

노인은 할아버지의 심하게 충혈된 눈에 주목했다.

"심한 불면증 같네만…."

"예. 하루에 몇 시간을 못 자네요."

"음…. 이유가 있을 것 같은데…."

"…"

두 사람 사이에는 침묵이 흘렀다.

할아버지는 한참을 침묵하다 말을 꺼냈다.

"외로워서 그런가 봅니다. 그런데요 목사님!"

"왜 그러나?"

"아무리 목사님이시라지만…. 저보다 한참은 어려 보이시
는데 반말을 하시니까 제가 몸 둘 바를 모르겠네요…."

할아버지는 공손하게 말했다.

"하하하 하하하 하하!"

할아버지의 말에 노인은 배를 부여잡고 웃었다.

"하하하, 아이고 자네에게 비난하네. 하하하 하하."

할아버지는 당황스러운 상황에 더 몸 둘 바를 몰라 하고 있
었다.

"하하하, 아이고, 이제 좀 그만 웃어야 하는데, 하하하."

노인은 너무 웃는 바람에 눈물까지 펑펑 흘리고 있었다.

"목사님! 도대체 무슨 일입니까?"

그제야 좀 마음을 가다듬은 노인이 대답했다.

"하하하, 내 나이가 몇 살인 줄 아나?"

"글쎄요…. 여하튼 저보단 훨씬 젊어 보이십니다."

"내 나이가 말일세. 백 살이라네!"

"예?"

할아버지는 노인의 말을 믿지 않는 눈치였다.

"정말이라도! 자, 보게나. 내 주민등록증일세!"

할아버지는 노인의 주민등록증을 봤지만, 거기엔 영락없는 백 살 노인이 있지, 지금 눈앞에 있는 젊은 목사는 보이지 않았다.

"아버님 아니십니까?"

할아버지는 의심의 눈초리로 말했다.

"하하하! 자네, 정말 은근히 재미있구먼! 이해하네. 이해해. 그동안 많은 일들이 있었지. 그래서 원래는 이랬는데."

노인은 주민등록증을 가리켰다.

"지금처럼 젊어졌다네."

그러면서 그동안 상담했던 사람들과 찍었던 사진들을 가져와 보여줬다.

그곳엔 노인의 변천사가 고스란히 들어있었다.

그제야 할아버지는 노인의 말을 믿는 듯했다.

"세상에! 그동안 이렇게 젊어지신 겁니까?"

"그렇다네!"

"놀랍네요. 정말 놀랍습니다."

할아버지는 속으로 무슨 생각을 하는 듯했지만, 말은 하지 않았다.

"이제 다시 상담할 수 있겠지? 아까 하던 얘기로 돌아가 보는 게 어떻겠나?"

"예, 음…. 어디까지 얘기했더라…."

"하루에 몇 시간 못 자는 이유를 설명하고 있었다네."

"예! 그러니까 외로워서 그런가 봅니다. 마음이 편하지 않아요. 어제도, 그제도, 그저께도 저를 찾아오는 사람은 아무도 없었어요…. 친구들은 거의 저 세상으로 갔고, 그나마 남아있는 친구들도 아파서 거동을 못 하고 있죠. 자식들은…."

"자식들은?"

"재산을 물려줬더니 연락도 잘 안 하네요. 제가 인생을 잘못 살았나 봅니다."

할아버지는 젊은 시절 꽤 성공한 사업가였다. 녁분에 재산을 불리고 더 불릴 수 있었다. 하지만 할아버지는 그것에 만족하지 않았다. 부를 일궈 놨더니 권력과 명예가 없어서 불만족스러웠나.

그는 국회의원이 되기로 했다. 할아버지는 뜻을 이뤘고 한동안 세상은 그의 것만 같았다. 부와 권력을 동시에 쥔 할아버지에게 사람들은 너나 할 것 없이 몰려들었다.

하지만 시간은 누구에게나 공평했다. 할아버지는 나이가 들고 또 들어 정치권에서 밀려났다. 할아버지가 아니라 할아버지의 권력이 필요했던 사람들은 물밀듯이 할아버지 곁을 떠나갔다.

자식들은 그 많은 재산을 다 쓰지도 못하실 텐데 좀 일찍 나눠달라고 아우성이었다. 조금이라도 더 젊을 때 돈을 쥐고 싶은 요량이었다. 할아버지는 나눠주고도 남을 큰 재산이 있었기 때문에 뭣 하러 자식들 고생시키나 싶어 일찍 유산을 나눠줬다.

그리고 그게 끝이었다.

시간은 흐르고 더 흘러, 할아버지의 몸은 한 군데씩 고장났다. 할아버지의 행동은 굼떴고, 두뇌 회전도 잘 안되어 말은 어눌했다. 이제 이 늙은이와 함께 시간을 보내줄 사람은 남아있지 않았다.

"그동안의 찬란했던 제 인생이 안개처럼 사라졌어요. 정말 제가 그렇게 살았나 싶을 정도입니다. 모든 게 지나갔습니다. 이제 늙고 초라한, 외로운 늙은이 한 명만이 남아있네요."

"그랬구먼…. 실은, 자네만 그런 걸 느끼는 게 아니라네. 역사를 통틀어 제일 영화로웠다던 솔로몬 왕은 전도서에 이렇게 쓰셨지. 〈그 후에 내가 생각해 본즉 내 손으로 한 모든 일과

내가 수고한 모든 것이 다 헛되어 바람을 잡는 것이며 해 아래에서 무익한 것이로다〉 그뿐인가. 다윗왕은 이렇게 말했다네. 〈인생은 그날이 풀과 같으며 그 영화가 들의 꽃과 같도다. 그것은 바람이 지나가면 없어지나니 그 있던 자리도 다시 알지 못하거니와〉 구운몽 같은 옛 문학 작품의 주제도 비슷했다네. 부귀영화를 추구하며 살아보니 다 꿈과 같더라는 거야. 그러면서 '인생에서 진정으로 추구해야 할 것이 무엇인가'를 우리에게 묻고 있지. 그렇게 우리의 인생 선배들이 다 살아본 뒤얻은 삶의 깨달음을 우리에게 주고 있건만, 우린 모두 젊음에취해 영영 늙지도 죽지도 않을 것처럼 인생을 살아가지 않겠나. 그러나 곧, 흘러가는 시간 속에서 어느새 늙어있는 자신을발견하게 된다네. 그리고 그때가 돼서야 비로소, 부·명예·권력에 집착하는 인생이 얼마나 헛된 일인지를 알게 되니 말일세."

"예…. 그러게 말입니다. 저도 좀 더 일찍 깨달았더라면, 그래서 다른 방향으로 제 인생을 실었더라면 어땠을까 싶습니다. 이곳에 와보니 목사님이 참 부럽습니다. 연세가 꽤 드셨는데도 지금까지 목사님을 찾는 사람들이 늘 이렇게 찾아오지 않습니까."

동생뻘 할아버지의 말이 맞았다. 몇 주 전만 해도 노인은 그처럼 혼자였다. 그나마 사랑의 손길로 노인이 혼자가 아님을 느끼게 해준 이웃들 덕분에 노인은 견딜 수 있었다.

하지만 지금은 어떠한가. 매일 매일을 누군가 노인을 찾아오고 노인은 그들의 인생을 함께 고민하고 그들에게 도움을 주고 있었다. 어두운 얼굴로 이곳을 찾아왔다가 밝은 얼굴로 되돌아가는 그들을 보며 더 밝아진 것은 다름 아닌 노인 자신이었다.

노인은 곰곰이 생각했다.

무엇이 그를 이곳으로 이끌었는가, 3평 남짓 조그만 방에서 틀어박혀 지내던 그를 이곳으로 오게 한 것은 무엇인가!

그랬다! 그는 꿈을 가졌었다. 꿈을 세우고 실천에 옮겼었다!

그의 꿈이 바로, 오늘의 삶을 가져다준 것이다.

"꿈을 가지게나!"

"예? 꿈이요?"

"그래, 꿈! 나도 한때 자네처럼 외로운 노인이었다네. 그러다 다시 꿈을 꾸게 되었지. 젊을 때처럼 말이야. 우리가 젊었을 때 얼마나 많은 꿈을 소망했는가 생각해 보게. 늙어가면서 꿈꾸는 세포들은 다 어디로 갔는지, 점점 꿈도 잊혀 갔지. 하지만 난 다시 꿈꾸는 실력을 살려냈다네. 그리고 실천에 옮겼지. 결국, 이곳에 오게 됐고 내 삶은 바뀌고 있다네. 지금도 꿈을 이루기 위해 하루하루 노력하고 있어. 외로울 틈이 없다네. 생기가 넘쳐나! 자네도 할 수 있네! 더 이상 외로운 노인

따위는 벗어던져 버리게! 자네의 나이만큼이나 자네의 경험과 지혜가 얼마나 풍부한가! 게다가 자네는 욕망에 집착하는 삶이 얼마나 헛된 일인지 이제 알지 않았는가. 진정으로 인생을 직면해 제대로 된 꿈을 꿀 수 있는 준비가 된 게야."

동생뻘 할아버지는 노인의 말을 묵묵히 듣고 있었다.

"자네는 인생이 뭐라고 생각하나? 도대체 우리는 왜 살고 있는 걸까?"

"글쎄요. 사실, 제일 어려운 문제 같습니다. 이 나이가 되도록 명확한 답을 못찾겠어요. 목사님은 어떻게 생각하십니까?"

"자네도 느꼈듯이 부, 명예, 권력을 추구하는 삶이 결국은 한 줌의 안개처럼 허망한 것이라면, 그게 분명 우리의 인생 목적은 아니겠지. 진정한 인생 목적은 허망할 수가 없을 테니 말일세. 실은, 내 나이 백 살이 되도록 나 역시 인생에 대해 잘 몰랐다네. 그냥 태어나고 살아가는 게 당연하다는 듯이 세월에 쫓겨 살아왔지. 그런데 이곳에 와서 생활하는 동안, '우리의 인생은 결국 일종의 성년식 같은 '성장 여행'이 아닐까' 하는 생각이 들었어. 우리가 진정으로 사랑을 알고 행하는 존재가 될 수 있도록 성장시키는 '성장 여행' 말일세.

지금껏 많은 사람의 죽음을 보아왔다네. 어떤 사람도 죽기 전에 자기가 모아놓은 돈을 보자거나, 자신이 받은 상장들을 보자거나 하는 사람들은 없었지. 다들 '사랑하는 사람들'을 찾았어. 죽기 전에 우리는 우리에게 진정한 것을 찾게 되어 있다네. 그리고 그건 결국, '사랑하는 사람들'이었지."

"예. 제 주변의 사람들도 그랬던 것 같아요."

"인생을 가만 살펴보면 말일세, '사랑'을 배우게끔 설계되어 있어. 태어나자마자 부모와의 관계 속에서 사랑을 알게 되고 배우지. 마찬가지로 친구 간의 우정 속에서, 연인 간의 사랑 속에서, 이웃과의 관계 속에서, 자식에게 베푸는 사랑 속에서 그리고 이제는 아기처럼 연약해진 부모를 돌보는 사랑 속에서 우린 사랑을 알고, 느끼고, 배우게 된다네. 이런 인생의 관계들 속 모두에 '사랑'이 내재되어 있지.

어디 그뿐인가! 우리가 각각 능력 · 외모 · 성격 등 모든 면에 있어 달리 태어나는 것에도 의미가 들어 있다네. 만약 사회의 모든 사람이 완벽하다면 우리는 서로 도울 필요가 없을 거야. 하지만 이 세상에 완벽한 사람은 존재하지 않고 서로 가진 재능 · 성격 등이 다르기 때문에, 불완전한 우리는 서로의 부족한 점을 채워줄 수 있다네. 바로 '사랑'을 통해서 말일세! 마찬가지 이유로 '더 가진 사람'이 '그렇지 못한 사람'들을 도와야 하는 거고 말일세. 이렇게 서로를 돕고 도울 때 건강한 사회가 만들어진다네. 역사적으로도 보면, '사랑'이 식은 국가는 여지없이 망하고 말았더군."

"정말 그렇네요, 목사님."

"자네, 왜 우리 머리카락이 어릴 땐 검은색이었는데 나이가 들어갈수록 흰색으로 변하는지 생각해 본 적이 있나? 노란색에서 초록색으로 바뀔 수도 있고, 파란색에서 빨간색으로 바뀔 수도 있는데, 왜 하필 검은색에서 흰색이냔 말이야."

"음. 전혀 생각해 본 적이 없네요. 목사님은 어떻게 생각하십니까?"

"〈너희는 세상의 빛이라〉 우리의 어두움을 벗고 빛과 같이 밝은 존재가 되라는 의미가 숨겨져 있는 게 아닐까? 하고 나 혼자 생각해 봤었네."

노인은 어린아이같이 미소 지었다.

"〈사랑은 언제나 오래 참고, 사랑은 온유하며 시기하지 아니하며, 사랑은 자랑하지 아니하며 교만하지 아니하며, 무례히 행하지 아니하며 자기의 유익을 구하지 아니하며, 성내지 아니하며 악한 것을 생각하지 아니하며, 불의를 기뻐하지 아니하며 진리와 함께 기뻐하고, 모든 것을 참으며 모든 것을 믿으며, 모든 것을 바라며 모든 것을 견디느니라〉. 진정한 사랑의 내공이란 이런 것이지. 정말 고차원적이지 않은가! 아까 내가 말했던 '제대로 된 꿈'이란 바로 이리한 '사랑'을 품은 꿈을 의미하는 거였네. 난 불로초를 찾아 건강해지면 누군가에게 도움이 되는 일을 할 예정일세. 그동안 나만 생각하며 살았지, 세상에 보탬이 될 일은 별로 안 했던 것 같아. 이제 남은 내 인생은 나뿐 아니라 이웃이나 사회를 생각하며 살고 싶다네. 자네도 할 수 있어! 뜻을 세워보게나. 자네의 인생에도 새로운 바람이 불어올 테니!"

"예, 목사님! 저도 동참하고 싶습니다."

동생뻘 할아버지는 은은하게 미소 지으며 말했다.

"목사님, 그런데 목사님의 그 꿈은 벌써 이뤄지신 것 같아요. 목사님은 지금, 많은 사람들에게 도움을 주고 계시지 않습니까?"

그의 말에 노인은 뿅망치로 툭 한 대 얻어맞은 기분이었다.

그의 말이 맞았다!

이곳에서 벌써 노인은 누군가에게 도움이 되고 있었다. 그건 불로초를 찾으면 하고 싶었던 일이었다.

그의 꿈은 이미 이뤄지고 있었다!

"자네 말이 맞네그려. 덕분에 놓치고 있던 걸 깨달았어! 고맙네! 고마워!"

"이 나이까지 괜히 산 건 아닌가 봅니다."

"허허, 그러면 이 사람아. 아무리 세상이 변해도 연륜은 무시 못 하는 법이지!"

"목사님 말씀을 들으니 제 아이들에게 미안했던 일들이 생각났어요. 사실, 제가 자식들과 시간을 많이 못 가졌거든요.

사업할 땐 사업이 먼저였고 국회의원을 할 땐 국회의원 일이 먼저였죠. 같이 종이접기를 하자던 애를 매몰차게 밀어냈어요. 사소한 종이접기 따위는 제 일과 비교해서 별로 중요해 보이지 않았거든요. 로봇에 대해 신나게 떠드는 아들의 말을 귓등으로 흘려듣기도 했어요. 제 삶의 얘기들이 더 중요했거든요. 제가 밤늦게 들어오면 언제나 아이들은 자고 있었고, 중요한 약속 때문에 아이들의 학교 행사 같은 일들은 뒷전으로 밀려나기 일쑤였습니다. 지금 돌이켜보면 제일 후회되는 일들이에요. 그땐 그런 것들이 사소해 보였는데 이제 보니 인생에서 중요한 건 제가 사소하게 여겼던 것들이었어요. 이제 자식들과 함께하려니 자식들은 곁에 없네요…. 자식들이 저를 찾지 않는 건 결국 제 탓입니다."

동생뻘 할아버지의 눈에선 잔잔히 눈물이 흘렀다.

"늦지 않았네. 늦지 않았어. 이 세상에 절대 늦은 일은 없다네. 아까 사랑은 자신의 유익을 바라지 않는다고 했잖은가. 누군가에게 '받을 것을' 생각하지 않으면 '주는 게' 어렵지 않다네. 지금이라도 자네가 주고 싶었던 사랑을 자식들에게 주게나. 자식들에게서 자네가 준 사랑의 대가가 돌아오지 않더라도. 그저 사랑을 주게나. 진정한 사랑이란 그런 거니까 말일세."

"예, 목사님. 그렇게 할게요. 꼭."

동생뻘 할아버지는 눈물을 훔치며 말했다.

"이 나이에 볼썽사납게 눈물이나 흘리고. 허허. 제가 오늘 못난 꼴 많이 보입니다."

"무슨 소리! 나이에 상관없이 힘들 땐 힘들다고 말할 수 있는 거라네."

노인은 인자하게 말했다.

"예, 목사님! 그나저나 어떻게 그 연세에도 그렇게 기억력이 좋으십니까? 성경 구절도 탁탁 말씀하시고 언변도 정말 좋으시고요."

"사정이 있었다네. 참 급박한 일이었지. 덕분에 성경 공부를 했더니 머리가 점점 좋아지더구먼. 나도 전에는 깜빡깜빡 잊어버리기 일쑤였다네. 글쎄. 한번은 이런 적도 있었지. 아침을 먹으려고 보니 밥주걱이 없는 게야. 몇십 분은 찾아다녔지. 근데 그게 어디 있었는지 아나?"

"글쎄요, 어디에 있었습니까?"

"세상에! 내 손에 들려 있더구먼! 손에 들고서 밥주걱을 찾아다닌 게야. 허허허!"

"허허허, 목사님도 그러셨군요. 저도 만만치 않답니다. 허허허!"

"자네도 성경 구절을 매일 암기해 보게나. 성취감도 있고 머리도 좋아지고 게다가 마음까지 편안해지던걸. 말 그대로 일석삼조라네."

"예, 실천하겠습니다."

"그리고 한 가지 더. 아까 잠이 안 온다고 하지 않았는가?"

"예, 그랬지요. 요즘 계속 그러네요."

"자네가 뜻을 세우기로 했으니 잠이 안 올 리 없겠지만, 그
래도 내가 한 가지 비방을 가르쳐 주겠네."

"그게 뭔가요?"

노인은 비장한 얼굴로 동생뻘 할아버지에게 더 가까이
갔다.

"그게 뭐냐면…. 핸드폰 앱이나 라디오 테이프로 성경을 틀
어놓는 게야! 그럼 켜놓자마자 얼마 안 돼서 잠이 솔솔 온다
네. 아주 즉효야 즉효!"

"하하하하하! 아이고 죄송합니다, 목사님. 목사님께서 성경
을 들으면 잠이 솔솔 온다고 하시니…. 저도 모르게 웃음이 나
와서요."

동생뻘 할아버지는 참 오랜만에 진짜 재미있어서 웃었다.

"우스갯소리가 아닐세."

노인은 여전히 진지했다.

"진짜일세. 진짜야! 찬송기도 효과가 있디군. 이건 정말 불
면증 환자들에게 너무 너무 권해주고 싶은 비방일세. 요즘 잠
을 못자 고생하는 사람들이 얼마나 많은가."

"예! 저도 당장 오늘 밤 실천해 보겠습니다!"

한바탕 웃고 난 동생뻘 할아버지는 기분이 더 좋아졌다.

"이제 가야할 시간이네요. 목사님! 오늘 정말 너무 감사한 시간이었습니다."

"내가 더 고마웠지! 종종 들리게나. 부담 갖지 말고."

"예!"

그렇게 동생뻘 할아버지는 외로운 노인에서 기분 좋은 노인으로 변신해 상담소를 떠났다.

노인은 동생뻘 할아버지가 가고 난 뒤 문득 떠오른 성경 구절을 혼자 중얼거렸다.

〈사람들이 사는 동안에 기뻐하며 선을 행하는 것보다 더 나은 것이 없는 줄을 내가 알았고〉

끝

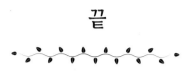

　노인은 거울 앞에 섰다. 거기엔 처음 이곳에 왔을 때와 전혀 다른 사람이 서 있었다.

　윤기 나는 까만 머리(스타일까지 바뀐), 안경 없이도 성경책을 볼 수 있게 된 두 눈, 주름이 없어진, 팽팽하고 탄력 있는 피부.

　노인은 씨-익 웃으며 치아를 거울에 비춰봤다. 입 속에서 하얀 치아들이 반짝반짝 빛나고 있었다.

　게다가, 이제는 아무리 섰어도 뛰어도 끄떡없는 강건한 두 무릎과 체력까지!

　노인은 어느새 그가 꿈꾸던 건강과 젊음을 되찾았다.

그는 거울 속의 자신에게 물었다.

"아직도 불로초가 필요한가? 자네?"

거울 속 노인이 말했다.

"원하는 걸 이미 이뤘지 않은가!"

그는 밝게 웃고 있었다.

노인은 다시 물었다.

"이제 뭘 어떻게 해야 하지?"

"다른 사람을 도와야지!"

노인에게 병원에서 만났던 환자들의 모습이 떠올랐다.

이제 그들 차례였다!

노인은 그동안 모아뒀던 약초들을 주섬주섬 챙기기 시작했다.

다다음 날

"딩동"

오늘도 어김없이 현관 벨이 울렸다.

'오늘은 어떤 사람이 왔으려나.'

라고 생각하며 노인이 문을 열었을 때, 노인의 앞에는 세 남자가 서 있었다.

그들은 노인이 다녀왔던 바로 그 병원의 의사들이었다.

"목사님! 저희는 저희 환자들 때문에 오게 됐습니다. 갑자기 모두 몸이 완쾌되셔서 퇴원하셨거든요. 그분들 모두 하나같이 목사님께서 주신 약초 덕분이라고 말씀하시더라고요. 약초를 먹었더니 순식간에 몸이 나았다고요. 병실이 열광의 도가니였다고도 들었습니다. 저희는 그 약초들이 궁금합니다. 혹시 저희에게 보여주실 수 있으신가요?"

"그러다마다요."

노인은 한 점씩 남겨뒀던 약초들을 가져왔다.

의사들은 노인이 가져온 약초들을 찬찬히 살폈다. 그러다 가끔 고개를 갸우뚱했다.

그중 제일 머리가 커서 공부를 잘하게 생긴 의사가 입을 열었다.

"목사님…. 이 약초들이 모두 효과가 좋은 풀들임은 틀림없습니다. 이 약초의 이름은 방풍이에요. 그리고 이건 구기자, 이건 감국, 이건 괴실, 이건 석창포, 이건 황정입니다."

"오! 내 무릎을 낫게 한 것은 방풍이고, 치아를 새로 나게 한 것은 구기자고, 눈을 밝게 한 것은 감국이며 밀 같이 날리게 한 것은 괴실이고 백발을 흑발로 바꾼 것은 석창포며 피부를 아기같이 만든 것은 황정이었구먼!"

"에, 그렇지요…. 그렇지만 이 약초들이 단숨에 효과를 내는 것들은 아니에요. 그런 사례들은 본 적도 없고요."

머리 큰 의사 우편에 앉아있던 의사가 말했다.

"아니, 자네들도 보지 않았나? 자네의 환자들이 모두 순식간에 나아 버린 것을 말일세!"

"그러게 말입니다."

그들은 한참을 말을 잇지 못했다.

그리고 오랜 생각 끝에 세 의사가 내린 결론은 이거였다.

"기적이라고밖에 할 수 없어요. 이건 기적입니다! 목사님, 하나님께서 목사님을 도와주신 모양이에요!"

의사들이 돌아간 뒤, 노인은 지난날들을 곰곰이 생각해 봤다.

전 조직 보스는 새 삶을 찾았다며 노인을 찾아왔다.

그는 아버지를 용서했고 마음의 평온을 되찾았다.

그는 말했다.

"하나님께서 도와주셨어요! 저는 그저 감사드릴 뿐입니다."

휠체어를 타고 왔던 아가씨는 이제 걸어 다닌다.

그녀도 말했다.

"목사님! 하나님이 진짜 계시더라고요! 저에게 자유를 주셨어요!"

걱정 근심 많던 아주머니는 자기 말대로 꿈을 향해 한 걸음, 한 걸음 나가고 있었다.

노인에게 한 벌 옷도 선물해 줬다.

아주머니 말대로 그 옷을 입으니 노인은 10년은 더 젊어 보였다!

그녀는 이제 걱정 근심 같은 건 안 한단다.

그리고 다음 성경 구절까지 읊어댔다.

〈오늘 있다가 내일 아궁이에 던져지는 들풀도 하나님이 이렇게 입히시거든 하물며 너희일까보냐 믿음이 작은 자들아. 그러므로 염려하여 이르기를 무엇을 먹을지 무엇을 마실지 무엇을 입을까 하지 말라…. 너희 하늘 아버지께서 이 모든 것이 너희에게 있어야 할 줄을 아시느니라. 그런즉 너희는 먼저 그의 나라와 그의 의를 구하라. 그리하면 이 모든 것을 너희에게 더하시리라〉

그녀도 말했다.

"하나님께 모든 걸 내려놓고 맡기니 하나님께서 도와주셨어요!"

사업에 실패했던 남자는 재기에 성공했다.

그도 하나님께서 도와주셨단다.

남자는 이제, 잘 되더라도 욕심부리지 않고 하나님을 닮아가는 삶을 살아갈 것이라고 말했다.

심지어, 노숙하던 남자는 꿈에 하나님께서 찾아오셨다고 했다.

그리고 그에게 굶주리고 헐벗은 사람이 없는 좋은 세상을 만들라는 사명을 주셨단다.

이제 그는 큰 꿈을 품고 자신을 준비시키고 있다.

물론, 이제 더 이상 길거리 생활은 하지 않는다.

동생뻘 할아버지는 세상에 필요한, 반짝반짝 빛나는 존재가 됐다.

그는 가는 곳마다 사랑을 실천해서 이제 더 이상 외롭지 않다.

물론, 자식들과의 관계도 회복했다!

그도 이게 다 하나님의 은혜라고 말했다.

그들은 모두 하나같이 입을 모아 이렇게 말하고 있었다!!

"목사님! 하나님께서 도와주셨습니다. 목사님 말씀처럼 저에게 더 좋은 미래가 기다리고 있었어요!"

게다가, 방금 전까지 노인과 같이 있던 저들도 이 모든 일이 하나님께서 노인을 돕고 기적을 일으킨 거란다.

노인은 지금껏 목사인 체 해왔지만, 진짜 목사는 아닌 터라 영 이해할 수 없는 노릇이었다.

노인은 그들 말대로 정말 하나님께서 계신지, 안 계시는지를 담판 짓기로 했다.

그는 상담소 안에 있는 작은 예배당으로 들어갔다.

예배당 안에는 몇 개의 나무로 만든 긴 의자가 일렬로 놓여 있었고, 단상이 그 앞에 있었다. 단상이 놓인 벽면에는 십자가

가 걸려 있었는데 밝게 빛나고 있었다.

노인은 맨 앞자리 의자의 정중앙에 앉아 십자가를 마주
했다.

"하나님, 진짜 계시는 겁니까?"

노인은 중얼거렸다.

아무 응답도 없었다. 하나님께서 계시더라도 너무 소리가
작아, 못 들을 수도 있겠다 싶었다.

노인은 더 크게 말했다.

"하나님! 진짜 계십니까?"

이번에도 아무 응답이 없었다.

"하나님! 진짜 계시는 겁니까?"

이번엔 진짜 진짜 크게 고함쳤지만 역시 아무 일도 일어나
지 않았다.

노인은 한숨을 푹 쉬었다.

"하나님께서 진짜 계신다면 어떻게 제 아들에게 그런 일이
있을 수 있겠습니까. 그 애는 착한 아들이었습니다. 저희를
모시면서 그 애는 싫은 티, 힘든 티 하나 낸 적이 없어요. 그래
서 저희는 그 아이도 늙어가고 있다는 사실을 잊어버렸어요.
우리 몸만 생각했지요. 아들도 칠십이 넘은 노인이있는데 말
입니다…. 그날 그 아이는 빙판길 위에서 넘어질 뻔한 우리를
지키려다 자기가 넘어졌습니다. 아들의 골반은 골절되고 말

191

앗지요. 의사는 골다공증이 너무 심하다고 했어요. 그럴 만도
했습니다. 어려운 형편에 저희까지 건사하느라 그 아이는 늘
고생만 했거든요. 자기는 제대로 먹지도 못하면서 저희 식사
는 항상 잘 챙겨줬어요. 수술할 수도 없고 뼈가 자연적으로 붙
어주기만 기다릴 수밖에 없다는 진단이 나왔지요. 아들은 집
에서 가만 누워만 있어야 했습니다. 그러다…. 그러다…. 결국
은 끝내 일어나지 못했지요. 그 아이는 하나님을 늘 경외하고
사랑했습니다. 한 번도 예배를 빠트린 적이 없었고, 힘든 가
운데에서도 하나님만을 바라보며 희망을 버리지 않았습니다.
그런 아이가 그렇게 허망하게 가버렸다고요. 하나님께서 계
신다면 어떻게 이럴 수 있겠습니까?"

"흑흑흑 흑흑흑 흑흑흑"

노인은 그동안 참아왔던 눈물을 터뜨리고야 말았다.

"흑흑흑 흑흑흑…."

그랬다.

그 이후 노인은 며느리를 따로 내보내고 폐 끼치기 싫어 연
락도 끊었다.

그 뒤 부부는 어렵게 살다가, 아내는 몇 년 전 세상을 떴고
노인만 홀로 남아있었다.

"네가 나를 찾느냐?"

어디에선가 음성이 들렸다.

흐느끼고 있던 노인은 고개를 들어 주위를 둘러봤다.

아무도 없었다.

노인은 다시 고개를 떨궜다.

"흑흑흑 흑흑흑…."

그때였다.

"네가 나를 찾느냐?"

아까의 음성이 다시 들렸다. 이번엔 더 또렷했다.

놀란 노인은 고개를 들고 두리번거렸다.

"거기 누구요?"

아무리 둘러봐도 거기에는 아무도 없었다.

… 정적이 흘렀다.

다시 노인이 고개를 떨구려 할 때였다.

"네가 나를 찾느냐?"

음성과 동시에 십자가 앞 강단에 사람의 형체가 나타났다.

흰옷을 입은 그의 몸에서는 눈 부신 빛이 뿜어져 나왔다.

그 빛이 너무 강렬해 노인은 눈을 세대로 뜰 수가 없었다.

"도대체 누구요?"

노인은 팔을 들어 올려 눈을 가린 채 물었다.

그 형체는 노인에게 다가와 노인의 눈을 어루만셨다. 그제
야 노인은 그를 똑바로 바라볼 수 있었다.

'아! 하나님!'

노인은 그냥 알 수 있었다.

왜 그런지 설명할 수는 없었지만 마치, 예전부터 알고 있었던 사람처럼. 그냥 그렇게 온 몸으로 느껴졌다.

"아들은 그의 때가 되어 하늘나라로 온 것이란다."

거룩하고 인자한 음성이었다.

그리고 그 순간 노인의 앞에 환상이 나타났다.

아주 아름다운 곳이 보였는데, 그곳에 노인의 아들이 있었다.

아들은 환하게 웃으며 손을 흔들었다.

"아버지! 잘 계시지요? 전 여기서 아주 잘 지내고 있어요. 여기에는 가난도 고통도 걱정도 근심도 없거든요. 오로지 행복과 평안과 기쁨만 있어요! 아버지께서는 오실 때가 아니라 이곳에서 못 뵙지만, 그동안 너무 슬퍼하지 마시고 평안히 계셨으면 좋겠어요."

노인은 너무 놀라고 너무 기쁜 나머지 아무 말도 할 수 없었다.

그저 두 뺨을 타고 눈물만 흘러내렸다.

아들은 계속 말했다.

"어디 계시든 제가 늘 지켜보고 있어요! 그러니 아무 걱정하지 마세요. 이곳에서 아버지를 위해 기도하고 있을게요."

아들은 큰절을 했다.

그러자 곧, 아들의 모습은 점점 옅어져 갔다.

노인은 다급히 외쳤다.

"내 아들! 고마웠다! 사랑한다!"

사라지는 환상 속에서 아들도 외쳤다.

"저도요, 아버지! 사랑해요! 사랑해요! 사랑해요!"

형체는 아까보다 훨씬 밝은 빛을 내뿜었다. 그리고 빛은 노인을 온통 휘감았다.

말로 형용할 수 없는 거룩한 기운이 노인의 온몸을 감쌌다.

"너는 나를 믿느냐?"

거룩한 음성이 노인의 몸속에 울려 퍼졌다.

"네."

노인이 대답했다.

"너는 나를 믿느냐?"

거룩한 음성이 또 물었다.

"네!"

노인이 대답했다.

"너는 나를 사랑하느냐?"

거룩한 음성이 물었다.

"네!"

노인이 대답했다.

"네 말대로 세상에 좋은 일들을 많이 행하고 이곳에 오거라."

그 순간 노인의 마음에는 벅찬 감동이 올라왔다.

노인은 저도 모르게 흐느껴 울기 시작했다.

울고, 울고, 또 울었다.

한참을 울다가 노인이 정신을 차렸을 때, 예배당 안에는 노인만 남아있었다.

노인의 마음은 이상하리만큼 평안했다.

행복,

평안,

기쁨….

…

노인은 그렇게 한참을 앉아있었다.

목사가 돌아오는 날이었다. 이제 노인은 그곳을 떠나야 했다.

노인이 떠난다는 소문을 듣고 한 무리의 사람들이 아침부터 몰려왔다.

"목사님! 이렇게 가시면 저희가 너무 아쉬워서 어쩌나요."

"허허, 나도 아쉽네 그려!"

노인이 배웅 나온 사람들과 인사를 나누고 있을 때였다.

마침, 사람 좋은 목사가 캐리어를 끌고 상담소로 들어서고 있었다.

"그거야 걱정할 거 없소! 저기 새 목사님이 오시는구려. 나보다 훨씬 훌륭한 사람이라오."

노인은 목사를 잡아끌어 사람들에게 인사시켰다.

목사는 얼떨결에 사람들과 인사를 나눴다.

'이게 무슨 일이람.'

목사가 갑작스러운 상황에 정신을 못 차리고 있는 사이, 노인은 사람들과 마지막 인사를 나누고 있었다.

"목사님! 이제 어디로 가시나요?"

"집으로 가야지!"

"앞으로 뭘 하시려고요?"

"새 삶을 시작해야지! 그러기 전에 일단 집 정리부터 하려고~ 뭐든 첫 시작은 내 주변 정리부터 아니겠는가? 하하하! 어이쿠, 벌써 시간이 이렇게 됐네. 이제 그만 가봐야겠어~~"

노인은 현관문을 나섰다.

마중나온 사람들도 우르르 몰리니있디.

"목사님! 맨날 목사님이라고 불렀지, 성함도 몰랐네요. 존함이 어떻게 되세요?"

"어머! 그렇네요. 목사님, 떠나시기 진에 가르쳐 주세요~~"

노인이 대답했다.

"김영감이라고 불러주게!"

"목사니임~~ 이름도 마저 가르쳐 주세요~~~"

"영! 감! 성은 김이요, 이름은 영~~감일세."

그렇게 이름을 남기고, 노인은 손을 흔들며 유유히 그곳을 떠나갔다.

"모두 잊지 말게나! 자네들에겐 더 좋은 미래가 기다리고 있어! 다들 힘을 내게! 할렐루야!"

불로초를 찾아 떠난 100세 노인

초판 1쇄 인쇄 2025년 2월 21일
초판 1쇄 발행 2025년 2월 28일

지은이 이수민
펴낸이 박세현
펴낸곳 서랍의 날씨

기획 편집 곽병완
디자인 김민주
마케팅 전창열
SNS 홍보 신현아

주소 (우)14557 경기도 부천시 조마루로 385번길 92 부천테크노밸리유1센터 1110호
전화 070-8821-4312 | **팩스** 02-6008-4318
이메일 fandombooks@naver.com
블로그 http://blog.naver.com/fandombooks

출판등록 2009년 7월 9일(제386-251002009000081호)

ISBN 979-11-6169-339-2 (03810)

시랍의날씨는 **팬덤북스**의 가정/육아, 문학/에세이 브랜드입니다.